KB114053

현대 마도학자

네르가시아 장편 소설

FUSION FANTASTIC STORY

THE MODERN MAGICAL SCHOLAR

현대 마도학자 1

네르가시아 장편 소설

초판 1쇄 찍은 날 § 2014년 10월 15일
초판 1쇄 펴낸 날 § 2014년 10월 22일

지은이 § 네르가시아
펴낸이 § 서경석

편집부장 § 권태완
편집책임 § 박은정

펴낸곳 § 도서출판 청어람
등록번호 § 제387-1999-000006호
등록일자 § 1999. 5. 31
어람번호 § 제2-2540호

주소 § 경기도 부천시 원미구 부일로 483번길 40 서경B/D 3F (우) 420-822
전화 § 032-656-4452 팩스 § 032-656-4453
http://www.chungeoram.com
E-mail § chungeorambook@daum.net

ISBN 979-11-316-9244-8 04810
ISBN 979-11-316-9243-1 (세트)

현대 마도학자

네르가시아 장편 소설

FUSION FANTASTIC STORY

THE MODERN MAGICAL SCHOLAR

1

현대 마도학자

THE MODERN MAGICAL SCHOLAR

CONTENTS

프롤로그

　늦은 밤, 한 사내가 제도 루티아니아의 뒷골목을 헤매고 있
다.

　"허억허억……!"

　피로 물든 상의는 그가 지금 죽기 직전에 몰려 있다는 것을
대변하고 있다.

　연신 뒤를 돌아보며 다급한 걸음을 옮기던 그가 한차례 각
혈을 했다.

　"쿨럭쿨럭!"

　기침으로 인해 혈압이 상승하자 그의 왼쪽 가슴에서 혈액
이 솟구쳐 나왔다.

푸하아악!

"크헉!"

극한의 고통. 사내는 이를 악문다.

"빌어먹을!"

그의 이름은 카미엘. 나르서스 제국의 대공이자 제국군 총사령관이다.

나르서스 제국이 대륙을 일통하는 데 가장 큰 공을 세운 전쟁영웅이자 마나코어를 개발한 천재 마도학자 카미엘은 역사상 가장 위대한 인물 중 한 명으로 손꼽힌다.

삐이이익!

"아직 멀리 가진 못했을 것이다! 잡아라!"

저 멀리서 병사들이 카미엘을 쫓는 소리가 들린다.

한때는 충성스러운 부하이던 그들이 지금은 카미엘을 죽이기 위해 혈안이 되어 있다.

"…인생무상이군."

제국군 사령관으로서 대륙 일통의 일선에 서 있던 그는 마도병기부대를 이끌며 크고 작은 국가들을 병탄했다.

마도병기는 압도적인 무위로 왕국들을 차례대로 각개 격파해 나갔다.

그로 인해 새로이 병합한 국가들의 반발심이 날로 커져가는 실정이었다.

단기간에 통합한 대륙 각국의 민심은 살인병기들에 의해

상당히 흉흉해져 있었다.

황제는 그 반발심을 잠재우기 위해 카미엘이라는 위대한 인물을 숙청하기로 마음먹은 것이다.

"충성스러운 사냥개를 식량으로 쓰다니, 참으로 놈다운 생각이 아닌가?"

황제 레비로스와 카미엘은 한때 궁정마법학교에서 동문수학하던 사이다.

그는 모든 것을 제국주의와 연관 지어 생각했으며, 심지어는 오랜 친구조차 제국의 부흥을 위한 재물로 삼았다.

카미엘은 이제는 반쪽밖에 남지 않은 심장을 매만진다.

스스로를 생체병기로 만들었던 그는 제국에 심장의 절반을 대신하는 마나코어를 적출당했다.

"반쪽짜리 심장이라……. 그래, 모든 마도병기가 이렇게 살다가 죽겠지."

지금 그의 심장은 절반만 남은 상태로 제 기능을 하지 못하고 있었다.

더군다나 지하 감옥에서 받은 모진 고문 때문에 그의 몸 상태는 정상이 아니었다.

아마도 이대로 시간이 흐른다면 필시 죽음을 면치 못할 것이다.

쏴아아아아아!

무심코 올려다본 하늘은 거친 빗줄기를 쏟아낸다.

"후후, 때마침 비까지 내리다니, 그리 나쁜 죽음은 아니군."

눈을 감는 카미엘.

그는 그렇게 서서히 죽어갔다.

1장
또 하나, 한 많은 삶

끝도 없는 어둠 속, 카미엘은 자신의 온몸이 젖어 있음을 느낀다.

'죽었나? 아니면 그렇게 살아남은 건가?'

만약 그가 그대로 살아남았다면 그것이야말로 엄청난 비극이다.

그것은 살아도 산목숨이 아니며, 미래도 없이 고통만 맛보다 서서히 죽어갈 뿐이기 때문이다.

솨아아아아아!

빗소리가 들린다.

아마도 눈을 감기 전에 내리고 있던 비가 아직도 그치지 않은 모양이다.

'제기랄, 이건 뭐, 죽어도 죽지 못하는 인생인가?'

카미엘은 나르서스 제국이 대륙을 통일한 원동력인 마도병기를 만들어낸 천재 마도학자이다.

일반인의 열 배에 달하는 전투력을 발휘하는 마도병기는 압도적인 무위로 대륙을 순식간에 피바다로 만들어 버렸다.

그 마도병기의 처녀작은 바로 카미엘 자신이었다. 그는 자신의 심장 절반을 스스로 도려내고 마나의 응축체인 마나코어를 장착한 것이다.

신체를 개조하여 만드는 마도병기는 당시의 마도학으론 도박에 가까운 실험이었다.

이 실험을 실제로 인체에 가한다는 것 자체가 신의 영역에 도전하는 것이라는 학설이 팽배했던 것이다.

그 학설을 깨고 스스로를 무적의 몸으로 만든 최초의 사람이자 개발자가 바로 지금의 카미엘이었다.

어쩌면 지금 그가 살아 있는 것은 마나코어를 장착한 때문인지도 모른다.

뚝뚝!

생각에 잠겨 있던 카미엘의 이마로 물방울이 떨어져 내린다.

그것도 아주 따뜻하고 맑은 물방울이다.

'물방울? 웬 물방울이……'

그리고 그의 귓전에 두 여자의 목소리가 들린다.

"생활은 좀 어때요?"

"…벌써 2년째 동생이 이러고 있으니 제가 살아도 산목숨이 아니네요."

"아아! 저런……."

한 여자는 목소리에 안타까움이, 그리고 또 한 여자는 통탄이 섞인 목소리를 내고 있다.

카미엘 역시 밑바닥 생활을 해본 사람으로서 저 뉘앙스가 어떤 상황을 대변하는 것인지 어렵지 않게 가늠할 수 있었다.

'삶이 어지간히 힘든 모양이군.'

지금 그가 남을 걱정할 처지는 아니지만 그녀의 목소리를 들으니 어쩐지 동정심이 발하는 것 같다.

눈물을 머금은 듯한 그녀의 말투는 카미엘의 감성을 자극하고 있었다.

"참… 제가 뭐라 드릴 말씀이 없네요. 지원을 받아도 근근이 먹고살까 말까 할 판에……."

"그러게 말이에요."

울먹거리는 한 여자, 그녀의 발음이 상당히 어눌하다.

아마도 입을 움직이기가 어렵거나 원래 말을 더듬는 사람인 모양이다.

카미엘은 어쩌면 자신의 이마로 떨어져 내리는 이 물방울이 눈물일지도 모른다는 생각을 해보았다.

뚝뚝.

그렇게 생각하고 나니 저절로 눈꺼풀에 힘이 들어간다.

'조, 조금만 더……'

그는 본능적으로 우수에 찬 그녀를 보고 싶다는 생각을 했다.

'조금 더……!'

이윽고 안간힘을 쓰던 카미엘이 드디어 눈을 떴다.

"허, 허억!"

그제야 그의 주변 환경이 눈이 들어온다.

"화, 화수야?!"

"어, 어머! 강화수 씨!"

자신을 내려다보고 있는 여자들 너머로 허름하다는 말로는 차마 표현하기조차 힘든 단칸방의 전경이 펼쳐진다.

이곳저곳에 핀 곰팡이를 신문지로 대충 가려놓은 벽지와 잘못하면 금방이라도 주저앉을 것 같은 천장은 할 말을 잃게 만들었다.

뒷골목 초가삼간도 이것보단 나을 것 같다는 생각을 해보는 카미엘이다.

똑똑.

그리고 카미엘은 자신의 이마로 떨어져 내리던 물방울이 정말 눈물이었다는 것을 깨달았다.

"흑흑, 화수야……!"

하염없이 흘러내린 그녀의 눈물이 카미엘의 이마를 자꾸 때리고 있었던 것이다.

이윽고 그는 자신도 모르게 입을 열어 이렇게 말했다.

"누, 누나?"

"흑흑! 화수야!"

그녀는 제대로 움직이지도 않는 몸을 이끌고 카미엘을 끌어안았다.

"누나……."

순간, 그의 머릿속으로 또 다른 자아가 눈을 뜬다.

'그래, 난…….'

심장이 도려진 채 죽어간 카미엘은 병석에 누워 벌써 2년째 투병 중인 강화수로 환생한 것이었다.

＊　　　＊　　　＊

카미엘, 그러니까 지구에서는 강화수라 불리는 그는 아버지가 남긴 고물상을 어렵게 운영하며 살아왔다.

그나마도 대전 변두리에 위치한 고물상이기에 변변한 돈도 모으기 힘들었다.

그의 누나인 지수는 20대 초반부터 서서히 몸이 굳어가더니 결국엔 반신불수가 되어버렸다.

정확히 왼쪽 다리와 왼쪽 팔을 제대로 움직일 수 없는 지경에 이른 것이다.

가뜩이나 없는 살림에 병원비까지 지출하려니 화수는 몸이 열 개라도 모자랄 판이었다.

그는 하루 종일 대전 온 동네를 쏘다니면서 버려진 물건이나 폐지를 주워서 하루하루를 연명했다.

망가진 물건은 고쳐서 단돈 1만 원이라도 받아 팔았고, 폐지는 꼬박꼬박 주워서 재생공장에 팔아넘겼다.

그렇게 하루 종일 뼈가 빠져라 벌어도 10만 원을 채 못 버는데, 그 이유는 아버지가 물려준 땅이 담보대출에 걸려 있기 때문이었다.

찢어지게 가난한 살림에도 우정을 너무나도 중요시하던 그의 아버지는 친구에게 무려 3억이라는 빚보증을 서주었다. 그러나 우정은 오래가지 못했다.

그 친구의 연락이 끊어진 것이다. 아버지는 어떻게든 친구를 찾아내려 했지만 끝내 찾을 수 없었다. 이윽고 친구에 대한 배신과 남겨진 빚에 삶을 비관하다 이내 자살하고 말았다.

그나마 100평도 채 안 되는 고물상이 남에게 넘어가는 것을 막기 위해 화수는 하루에 두 시간도 채 못 자고 일했다.

빚보증의 담보로 고물상도 잡혀 있었기에 그나마 거리생활을 면하려면 죽을 둥 살 둥 일만 하는 수밖에 없었던 것이다.

그리고 그의 하루는 고물상의 고된 일과로도 마무리되지

않았다.

고물상의 수입으론 먹고살기 힘들었기에 하수구를 뚫거나 변기를 뚫는 일 등의 노가다를 뛰어야 했다.

그러니 하루에 두 시간이나 제대로 자면 다행이었다.

하지만 사람이 아무리 열심히 살아도 불행은 겹친다고 하던가?

그렇게 5년 동안 죽어라 일만 해오던 화수는 불의의 사고를 당하고 만다.

때는 이른 새벽, 인적이 드문 곳에서 작업하던 화수는 쥐도 새로 모르게 봉변을 당하고 말았다.

리어카를 끌고 고물을 수거하러 나갔다가 5톤 덤프트럭에 치는 사고를 당한 것이다.

그나마 덤프트럭기사가 양심적인 사람이었다면 그를 당장 병원으로 옮겼겠지만, 불행히도 트럭기사는 반듯한 인성과는 거리가 먼 사람이었다.

결국 그는 덤프트럭에 뺑소니를 당해 보상도 받지 못한 채 병원으로 옮겨졌다.

일곱 시간이나 되는 대수술 끝에 간신히 목숨을 건진 화수는 그나마 자신이 안 먹고 모은 돈을 수술비로 모두 날리는 신세가 되었다.

주변에서는 목숨이라도 건진 것을 다행으로 여기고 있었지만, 문제는 그다음부터였다.

병원비는커녕 하루 벌어 하루 먹고살기도 빠듯하던 화수 남매에겐 하루 병원비를 충당하는 것도 벅찼다.

하다못해 동네 병원에서 링거를 한 대 맞아도 제값 치르기 힘들던 화수에게 중환자실은 언감생심 꿈도 못 꿀 곳이었다.

결국 화수는 병원을 나와 고물상 단칸방에서 간신히 숨만 쉬면서 살아가는 신세가 되었다.

그나마 움직일 수 있는 지수가 불편한 몸을 이끌고 거리로 나섰다.

그녀는 오른쪽 발로 왼쪽 발을 이끌며 한 손으로 폐지를 주우며 생활을 연명했다.

한쪽 발을 절뚝거리는 절름발이 행색으로, 그것도 오른손으로만 폐지를 주워온 그녀의 몸 상태는 이미 최악으로 향하고 있다.

그럼에도 불구하고 하루에 1만 원 벌기도 빠듯한 폐지 수집으론 화수에게 죽을 쑤어 먹이는 것도 벅찼다.

다행히 그녀의 어려운 사정을 들은 복지사가 백방으로 도움을 주었지만 여전히 살림살이는 나아질 기미가 없었다.

근본적으로 집안에 사람이라곤 둘뿐인데 둘 모두 제대로 몸을 쓰지 못한 탓이다.

밑 빠진 독에 물 붓기, 한마디로 지금 화수의 상황은 최악 중의 최악인 것이다.

하지만 사람이 꼭 죽으라는 법은 없다.

화수가 의식을 회복한 이후로부터 몸이 빠르게 회복되고 있었던 것이다.

시간이 지나자 몸 자체는 약해졌지만 움직일 수 있게 되었다.

"그래, 이게 어디야?"

만약 화수가 지수처럼 반신불수인 상태로 깨어났다면 또다시 절망에 빠졌을 것이다. 그러나 다행히도 두 손과 두 발을 다 쓸 수 있었다.

화수는 일단 몸의 회복에 주력하며 자신에게 닥친 여러 가지 문제를 하나하나 차근차근 풀어내기로 했다.

*   *   *

지수는 화수가 일어났다는 기쁨에 쌈짓돈을 꺼냈다.

단돈 천 원에 불과하지만 그녀는 돼지고기 사태를 사다가 김치찌개를 끓였다.

충남 대전지방에는 앞 사태를 '쫄때기'라고 부르는데, 이것에 묵은지를 넣고 찌개를 끓이면 아주 깊은 맛이 난다.

비록 천 원어치의 적은 양이지만 그녀는 알차게 찌개를 끓였다.

그리고 그녀는 김치찌개에 흰 쌀밥으로 밥상을 차렸다.

"화수야, 어서 밥 먹어."

이제 막 자리에서 일어나 조금씩 걷기 시작한 화수는 벽에
등을 기대고 앉아 밥상을 받았다.

"누나는 안 먹어?"

밥상에 올라 있는 밥은 한 그릇. 그녀는 고개를 가로젓는
다.

"나는 아까 먹었어. 화수 너 먼저 먹어."

"그래도……."

그녀는 김치찌개에서 고기를 건져 화수의 밥그릇 위에 올
려주었다.

"많이 먹어. 오래 누워 있어서 고기를 먹어줘야 금방 기운
을 차린다고 하더라고."

잔뜩 미소를 머금은 그녀의 표정을 보고 있자니 화수는 가
슴 한편이 아려왔다.

"누나……."

"자자, 어서 먹으라니까. 네가 밥을 먹어야 내가 일을 나갈
것 아니야. 아랫집에서 부업거리를 받아오기로 했어."

"그렇지만……."

지수는 화수가 이대로는 밥을 먹지 않을 것이라고 생각한
모양이다.

"안 되겠다. 누나는 먼저 나가서 볼일 보고 올 테니까 밥
먹고 있어. 알겠지?"

"누, 누나!"

이윽고 지수는 절뚝거리는 걸음으로 방문을 나섰고, 화수는 방에 홀로 남게 되었다.

"하여간 옹고집이라니까."

그는 어쩔 수 없이 김치찌개를 한 술 떠서 맛을 보았다.

"후루룩……."

지금 이 상황에서 돼지고기김치찌개의 가치는 돈으로 환산할 수 없을 정도이다.

찌개에 들어간 천 원은 절름발이 누나가 동생을 먹여 살리자고 왼발을 질질 끌고 다니면서 번 돈이다.

그렇게 발을 질질 끌고 다녀서 지수의 왼발 안창은 바닥에 쓸려 매일 피가 한 움큼씩 흘러내린다.

그것을 천 쪼가리로 억지로 덧대가면서 매일같이 고물을 수거하러 다닌 것이다.

부유한 사람에게 천 원은 있어도 그만, 없어도 그만인 하찮은 돈일지 몰라도 화수에겐 세상에서 가장 값진 돈이다.

이런 귀한 것을 혼자 먹으려니 목구멍에 가시가 돋친 느낌이다.

하지만 한 술 한 술 넘어갈 때마다 지수의 내리사랑이 느껴지는 화수다.

"마, 맛있다."

어쩐지 오늘 김치찌개가 조금 싱겁다 싶었는데 화수의 눈물이 섞여야 간이 맞을 것 같았나 보다.

그는 눈물로 천천히 간을 맞추어가면서 김치찌개를 먹기
시작했다.

*　　　*　　　*

아직은 조금 불편한 몸을 이끌고 고물상 마당으로 나온 화
수는 주변을 한번 둘러보았다.

"꽤나 깔끔하게 정리해 놓았네."

고물상은 부지를 얼마나 효율적으로 쓰느냐에 따라서 돈
을 벌 수 있는지 없는지가 결정된다.

제한적인 공간에 얼마나 많은 물량을 축적시킬 수 있는지
가 관건인 것이다.

그런 면에서 지수는 상당한 재능을 가지고 있다고 볼 수 있
었다.

지금까지 그녀가 착실하게 모아놓은 고물을 팔면 아마 꽤
돈을 벌 수 있을 것도 같았다.

그녀는 시세의 변동이 큰 비철들은 그날그날 팔지 않고 모
아두었다가 시세가 한창 올랐을 때 팔아치우는 방식을 선택
했던 것이다.

폐지와 공병같이 시세의 변동이 그다지 크지 않은 재활용
품만 따로 모아서 생계를 유지하고 있었던 모양이다.

"꽤나 수완이 좋은걸?"

몸만 아프지 않았으면 그녀도 고물상으로 돈 좀 벌었을 것 같다는 생각이 든다.

화수는 곧이어 고물상 뒤뜰로 향했다.

이곳은 주로 가전제품을 쌓아두었던 곳이기도 하지만 그가 이따금씩 휴식을 취하는 곳이기도 하다.

하루에 두 시간 쪽잠을 자면서 가전제품을 수리하기엔 이만한 곳이 없었다.

그는 모기장을 쳐놓은 조립식 건물에 들어가 앉았다.

그리고 깊이 심호흡을 했다.

"후우……."

마도학자는 초자연적인 현상을 다루는 마법사로 분류된다.

아무리 뛰어나고 명석한 두뇌를 가지고 있다고 한들 자연의 오대원소를 다루는 마력이 없이는 마도학자가 될 수 없었다.

자연의 오대원소를 다루는 사람들을 일컬어 마도사, 혹은 마법사라고 부른다.

여기에 무에서 유를 창조하는 학문인 마도학을 익힌 수재들이 바로 마도학자이다.

마도학의 깊이는 학문만을 추구한다고 깊어지는 것도 아니고 마법만을 연마한다고 되는 것도 아니었다.

진정 뛰어난 마도학자는 마법과 학문을 두루 겸비한 팔방

미인을 일컫는다.

화수는 본래 마나를 담아두는 그릇인 하단전을 점검해 보았다.

마도병기는 제2의 마나홀인 심장을 통째로 개조해서 신체능력을 극대화시키는 궁극의 생체병기이다.

하지만 그들은 신체능력이 월등히 뛰어날 뿐, 마법 자체를 다룰 수 있는 것은 아니었다.

마법을 사용하는 데 가장 중요한 기관인 제1마나홀이 없기 때문이다.

'음, 이건?'

그는 자신의 배꼽 부근에 청량한 무엇인가가 존재하고 있음을 느꼈다.

그러나 그 기운은 상당히 미약해서 화수 본인도 간신히 자각할 수 있을 정도였다.

'마나홀이… 있어? 텅텅 비었지만 있다!'

마나홀이 존재한다는 것 자체부터가 절반은 성공한 셈이다.

제1마나홀은 명치와 배꼽 중앙 부근에 위치하고 있는데 현대에선 이것을 단전이라고 부른다.

마법사들은 이곳에 마나를 저장하고 그것을 바탕으로 마법을 부릴 수 있게 되는 것이다.

마나홀은 만드는 것 자체부터 상당히 어려울뿐더러 만든

다고 해도 그것을 느낄 수 없는 것이 대부분이다.

하지만 간혹 기적적인 확률로 선천적으로 마나홀을 가지고 태어나는 사람도 있었다.

지금 화수의 경우가 딱 그 경우이다.

"사람이 죽으라는 법은 없는 모양이군."

아무리 보잘것없는 마나홀이라도 존재 유무는 하늘과 땅 차이이다.

이것은 마법을 사용할 수 있고 없고의 차이이기 때문이다.

"천 리 길도 한 걸음부터라고 했다. 지금부터 시작하면 된다."

화수는 마도학자로서의 길을 처음부터 걷기로 한다.

*   *   *

마법을 사용할 수 있는 신체 조건을 만들기 위해선 일단 자신의 신체를 정상으로 만들 필요가 있었다.

지금 자신의 신체는 편하게 운신할 수 있는 지경이 아니었다.

워낙 오랫동안 자리보존하고 누워 있었기 때문에 허리는 일자로 휘어 있었다.

원래 정상적인 허리는 경추를 시작으로 완만한 곡선을 이루어야 한다.

실제로 병원에서 정상적인 남자의 허리를 엑스레이로 촬영해 보면 위아래가 비대칭인 S자를 그리는 것이 보통이다.

그러나 화수의 허리는 그 완만한 곡선이 거의 없어진 물음표(?)와 비슷한 모양이었다.

게다가 사고를 당하면서 척추 기립근 후방에 크고 작은 손상을 입었으며, 골반은 약간 오른쪽으로 틀어져 있었다.

화수는 지금 걷거나 서 있을 때에도 지속적인 통증을 느끼고 있었다.

당장 필요한 것은 몸의 균형을 맞추고 제대로 된 허리 근육을 갖는 것이다.

이른 아침, 화수는 판암동에서부터 가오동으로 향하는 산길을 내달리고 있다.

"허억허억!"

이곳은 약수터로 향하는 산책로로 이용되는 곳이라 비교적 포장이 잘되어 있었다.

하지만 워낙 경사가 높고 산세의 기복이 심해서 노약자들은 다니지 않는 곳이다.

그런 곳을 오르는 화수의 온몸은 땀으로 흠뻑 젖어 있었다.

"조금만, 조금만 더······."

뛸 때마다 허리에 통증이 느껴진다.

하지만 화수는 그 통증마저 자신이 살아 있다는 증거로 받아들이며 즐겁게 달렸다.

화수가 산책이 아닌 산악 구보를 억지로 하는 것은 척추와 하체의 근력을 키워주기 위함이다.

척추 기립근이 제 힘을 발휘하지 못하는 것은 근력이 뒷받침되지 못하기 때문이다.

더군다나 걸음걸이가 힘을 받으려면 하체가 튼튼해야 한다.

그렇기 때문에 화수는 다소 힘들지만 이렇게 운동을 시작해야만 했다.

"허억허억……!"

숨이 차서 목구멍에서부터 시큼한 위액이 조금씩 넘어오고 있다.

하지만 화수는 자신을 위해 온몸을 바쳐 희생한 지수를 떠올리며 이를 악물었다.

'내가 나아야 한다! 내가 나아야 뭐든지 할 수 있어!'

그는 그렇게 이를 악문 채 산 정상이 올랐다.

화수는 약수터에 있는 철봉에 매달려 등 쪽에 한껏 힘을 주었다.

"으으으윽……!"

턱걸이는 상체를 보완하는 데 가장 좋은 운동이다.

등의 상하부와 경추, 허리까지 이어지는 척추 전체를 바로잡아줄 수 있는 운동인 것이다.

하지만 아직까지 몸통과 어깨 근육이 온전치 않은 화수가 턱걸이를 할 수 있을 리 없었다.

턱걸이는 광배근, 흔히 활배근이라고 불리는 등 근육이 발달해야 안정적으로 올라갈 수 있기 때문이다.

거기에 어깨의 힘이 받쳐주지 않으면 철봉을 오르내릴 수 없다.

그 어떤 하나의 조건도 갖추지 못한 화수이기에 당장 턱걸이는 불가능했다.

그러나 화수에게 포기란 있을 수 없었다.

만약 이대로 하루 종일 턱걸이를 하지 못해도 철봉에 끝까지 매달려 안간힘을 쓸 것이다.

"으아아아악!"

억지로 철봉에 매달려 있기는 하지만 이렇게 함으로써 그의 근육은 아주 서서히 발달해 나갈 것이다.

그리고 어긋난 신체의 밸런스도 점차적으로 맞추어져 갈 것이다.

그는 더 이상 철봉에 매달려 있지 못할 때까지 그 자세를 유지하고 있었다.

*   *   *

원래 그는 8서클 마스터로 마법사로서는 인간이 오를 수 있는 최고의 경지에 올라 있었다.

마나가 모이면서 생기는 원을 두고 '서클'이라고 부르는데, 이 서클의 개수가 많아질수록 마법의 경지도 올라가는 셈이다.

1서클과 8서클의 차이는 하늘과 땅 차이로, 실제로 8서클 마스터는 기상 변화까지 주관할 수 있는 엄청난 능력을 가진다.

하지만 지금 그는 1서클 마법도 제대로 사용할 수 없는 지경이다.

그러나 마나홀이 있다는 것만으로도 가능성은 열려 있었다.

"후우……!"

화수는 아무도 없는 산비탈 가운데 무작정 자리를 잡고 앉아 산의 정기를 느껴보았다.

마나는 본래 순도가 높은 자연과 가까운 곳에 넓게 분포하고 있다.

맑은 공기 속에 녹아 있는 마나를 정제해서 마나홀까지 옮기는 역할을 하는 기관이 바로 심장이다.

화수는 폐를 타고 들어온 산소가 혈액에 녹아들고, 그 혈액이 단전까지 오는 과정을 천천히 느껴보았다.

마나는 집중력의 산물이다.

공기 중에 녹아 있는 마나를 정제하는 기관은 단전이지만, 그 단전에 집중력을 불어넣어 마나를 정제하는 것은 순전히 마법사의 몫이었다.

이미 8서클의 경지에 올라본 화수는 초보자들에 비해 월등히 높은 비율로 마나를 정제해 냈다.

하지만 그 결과물을 담아내는 마나홀이 작고 약해서 담는 족족 공기 중으로 흩어져 날아갔다.

원래 담겨야 할 양의 1/100 안 되는 마나만이 몸속에 남았다.

그러나 그것만으로도 마나홀의 확장은 충분이 이뤄지고 있었다.

한참 동안이나 마나를 모으기 위해 명상에 빠져 있던 화수가 번쩍 눈을 떴다.

그리고는 지구의 그 어떤 언어로도 표기할 수 없고 표현할 수 없는 언어로 주문을 외웠다.

"@#·!@#$$#%……."

그가 지금 하는 일은 고대 룬어로 이뤄진 주문을 외워 자연의 기운인 마나를 초자연 상태의 마법으로 바꾸는 과정이었다.

이윽고 그의 마나홀에서 반쪽짜리 고리가 공명했다.

두근!

"윈드!"

존재 그 자체만으로도 신비의 힘을 갖는 고대 룬어로 인해 재배열된 마나는 술자의 발동어에 의해 그 모습을 드러냈다.

이번에 그가 사용한 마법은 멀쩡한 손에서 바람을 일으키는 마법인 윈드이다.

발동어로 인해 시전된 마법은 그의 주변에 시원한 바람을 몰고 왔다.

휘이이이잉!

"…성공이다!"

아주 미약하지만 화수로 인해 초자연적인 현상이 일어난 것이다.

전생에 그가 가지고 있던 능력에 비하면 한없이 보잘것없는 마법이다.

하지만 그 첫 번째 시발점을 눈으로 보았다는 것에 큰 의미가 있었다.

화수는 아주 기분 좋은 얼굴로 산을 내려갔다.

*　　　*　　　*

이른 새벽, 지수가 고물 수집에 나설 차비를 서두르고 있다.

일찍부터 운동을 다녀온 화수가 그녀를 바라보며 물었다.

"뭐해?"

"고물 주우러 가야지. 지금 이 시간이 아니면 고물 수집이 조금 어렵거든."

"그렇다고 그 몸으로 지금 고물을 주우러 나가겠다고?"

"괜찮아. 줄곧 해오던 일인걸."

화수는 그녀의 손을 잡고 방 안으로 들어갔다.

"화, 화수야……."

"이렇게 사지 멀쩡한 동생 놔두고 왜 누나가 일을 해? 그냥 집에 있어."

그녀는 고개를 가로저었다.

"지금 네가 나가봐야 길도 제대로 모를 거고, 그럼 허탕만 칠 텐데?"

"괜찮아. 며칠 고생하다 보면 몸에 익겠지."

"그래도……."

화수는 지수가 왜 집에 있어야 하는지 설명하기 시작했다.

"지금 누나 몸 상태가 어떤지 알아? 내가 보기엔 동네 마을을 나가기도 힘들어 보인다고. 그런데 누나를 일터로 내보내라고?"

"난 괜찮은데……."

"내가 안 괜찮아서 그래. 누나는 동생이 머저리처럼 안절부절못하면서 집에 처박혀 있기를 바라는 거야?"

그제야 그녀가 다시 방바닥에 앉는다.

"후우, 그래, 네가 정 그렇다면 내가 집에 있을게. 하지만 원래 하던 부업은 말리지 말아줘. 나도 일을 해야 편하게 잠을 잘 수 있을 것 같아."

이 정도 조건이면 서로가 꽤 양보한 것이라고 할 수 있었다.

"그럼 누나는 집에서 부업을, 나는 밖에서 고물상 일을. 괜찮은 조건이지?"

"그래, 알았어."

한동안 가장 노릇을 못했으니 이제부터라도 제대로 누이를 건사해야 할 화수이다.

배운 도둑질, 못 버린다는 소리가 괜히 있는 것이 아니었다.

막상 마도학자의 지식을 가지고 있다고는 해도 당장 무언가 큰일을 도모하기엔 역부족이다.

그는 입에 풀칠이라도 하고자 당장 오늘부터 고물상 일을 하기로 한 것이다.

고물상은 비철과 고철을 모아서 제철회사 직영 도매업체에 넘기는 역할을 한다.

그러니까 제철회사나 재활용 회사로 넘길 때 남는 마진이 고물상을 돌리는 원동력인 셈이다.

끼릭끼릭.

보통은 거리에서 폐지를 줍는 사람들에게 적당한 돈을 쥐어주고 물량을 확보해서 이득을 보는 일을 한다.

하지만 그럴 밑천이 없는 화수에겐 그런 고물장사가 가능할 리 없었다.

그래서 그는 직접 리어카를 끌고 다니며 폐지를 주웠다.

대전역 인근을 돌아다니던 화수는 이 바닥의 판도가 한참이나 바뀌었다는 것을 알 수 있었다.

"구역 싸움이 꽤나 치열해졌군. 이쪽도 불경기란 말인가?"

이 세상 어디를 가던 그 바닥에는 그 바닥 나름대로의 룰이 존재하게 마련이다.

그것은 폐지 수집 역시 마찬가지였다.

아무리 고물은 먼저 줍는 사람이 임자라곤 하지만 자신의 구역이 따로 있다는 암묵적인 룰이 존재했다.

심지어는 이 구역을 두고 주먹다짐을 하는 경우도 있으니 이쪽도 만만치 않은 약육강식의 세계라고 할 수 있었다.

하지만 주먹을 쓰지 않더라고 누가 얼마나 더 정확하고 신속하게 많은 폐지를 주울 수 있는 루트를 확보하고 있느냐가 관건이었다.

그러니까 폐지나 고물이 많이 나오는 곳을 우선해서 휩쓸고 지나가야 하루 일당이라도 벌어갈 수 있는 셈이다.

하지만 워낙 오랫동안 일을 쉬어서 그런지 화수는 가는 곳마다 허탕이었다.

"힘에 부치는군."

더군다나 아직 몸이 성치 않은 화수로선 리어카를 끄는 것조차 버거웠다.

때문에 돌아다니는 속도도 느려서 앞선 넝마주이들에게 선수를 빼앗기고 있었다.

끼릭끼릭.

수레의 십분의 일도 채 못 채운 화수의 곁으로 벌써 수레를 가득 채운 노인이 지나간다.

그는 새파랗게 젊은 몸으로 폐지를 줍고 있는 화수를 바라보며 고개를 가로저었다.

"쯧쯧, 그래서 어디 제대로 먹고살기나 하겠어?"

"너무 오래 병석에 누워 있었더니 길을 제대로 모르겠네요."

혀를 차는 노인이지만 막상 자신의 루트를 공개하지는 않는다.

밥줄이 달린 문제에 인심을 쓸 정도로 이 세상은 만만한 곳이 아니기 때문이다.

"뭐, 아무튼 수고하게."

"예."

폐지를 줍는 일은 아무래도 당분간 고생을 해야 할 듯싶다.

꼬르르륵.

"제길, 이놈의 배꼽시계는 빼먹지도 않고 울리는군."

화수는 서둘러 대전역으로 향했다.

2장

치열한 삶

대전역은 노숙자(홈리스)를 위한 무료 급식이 하루에 한 번씩 열린다.

배가 터질 때까지 밥을 주는 곳은 아니라도 시간만 제대로 맞추면 한 끼를 해결할 수 있는 밥차가 온다.

화수는 사고를 당해 쓰러지기 전에도 꼬박꼬박 하루에 한 번씩 이곳에서 밥을 타다 먹었다.

고물상을 하는 사람이든 노숙자든 무료급식소는 어려운 사람들을 가리지 않고 밥을 주었기 때문이다.

거의 빈 수레나 다름없는 리어카를 급식소 옆에 세워둔 화수는 일회용 식판을 들고 줄을 섰다.

이곳에서 나누어 주는 급식은 100% 무료이기 때문에 언제나 줄을 서는 그의 마음은 가볍다.

식판을 들고 급식대 앞에 선 화수는 익숙한 얼굴과 마주했다.

"안녕하세요?"

얼마 전부터 지수를 도와주고 있다는 김소율 복지사이다.

화수는 그녀에게 꾸벅 고개를 숙여 인사했다.

"아, 예. 안녕하십니까?"

"몸은 괜찮으세요? 깨어나신 지 얼마나 되었다고 벌써 일을 하세요?"

"누나도 그 몸으로 일했는데 저라고 가만있을 수 있습니까? 한 푼이라도 벌어야지요."

김소율이 화수의 주머니에 들어 있는 비닐봉지를 바라보며 묻는다.

"그 비닐봉지는 뭐예요?"

급식의 절반을 떼어서 누나의 끼니로 주려던 그는 멋쩍게 웃었다.

"별것 아닙니다. 신경 안 쓰셔도 됩니다."

그녀는 작게 고개를 끄덕였다.

"그래요. 아무튼 식사 맛있게 하세요."

화수에게 밥을 듬뿍 퍼준 복지사는 한껏 미소를 지어 보인다.

그녀의 친절은 어쩌면 가난한 자에 대한 동정에서부터 시작되는 것인지도 모른다.

하지만 화수에겐 그마저도 너무나도 감사했다.

만약 그녀의 동정심이 아니었다면 이미 남매는 굶어 죽거나 과로로 쓰러져 죽었을지도 모른다.

'언젠가 이 빚을 꼭 갚는 날이 올 겁니다.'

일회용 식판을 가지고 대전역 근처 벤치로 옮겨간 화수는 비닐봉지를 꺼내 밥을 담기 시작했다.

화수는 오늘 누나 지수에게 집에 꼼짝 말고 붙어 있으라고 신신당부했다.

요즘 그녀는 억지로 몸을 움직인 탓에 관절에 무리가 온 상태이다.

그래서 그는 자신 혼자서라도 돈을 벌기 위해 그녀를 억지로 집에 가두어둔 것이다.

하지만 그렇게 되면 무료 급식은 언어먹을 수 없을 테니 이렇게라도 끼니를 챙겨주려는 요량이다.

"그러실 필요 없어요. 요즘엔 사랑의 도시락이라는 제도가 있거든요."

비닐봉지에 밥을 챙기려던 화수는 화들짝 놀라서 목소리의 근원지를 바라보았다.

"보, 복지사님?"

그녀는 화수의 곁으로 다가와 비닐봉지에 들어 있는 밥을 다시 식판에 놓아주었다.

"독거노인이나 거동이 불편한 장애우를 위한 사랑의 도시락이 전국적인 규모로 시행되고 있어요. 지수 씨라면 사랑의 도시락을 지원받을 수 있는 조건이라서 제가 신청했어요. 아마 지금쯤이면 집에서 도시락을 드시고 있겠네요."

화수는 그녀에게 깊이 고개를 숙였다.

"감사합니다. 제 누이를 이렇게까지 챙겨주시다니, 뭐라 감사의 말씀을 드려야 할지 모르겠습니다."

그녀는 손사래를 친다.

"어우, 감사는요, 무슨. 저는 제가 할 일을 하는 것뿐인걸요."

"아닙니다. 이 은혜는 죽어서도 잊지 않겠습니다."

"호호, 정 그렇게 감사하다면 어서 빨리 쾌차하세요. 그래서 두 남매가 정답게 오래도록 살았으면 좋겠어요."

"알겠습니다. 반드시 그렇게 만들겠습니다."

삭막한 이 세상에 한줄기 빛과 같은 사람이다.

그는 진심으로 언젠가 그녀에게 이 모든 빚을 갚겠노라 다짐했다.

*   *   *

하루 종일 수집한 고물 양은 기껏해야 8천 원 어치. 이대로

라면 하루에 한 끼를 먹고살기도 빠듯하다.

하지만 폐지를 주울 수 있다는 것만으로도 감지덕지할 판이다.

폐지 수집으로 감당이 안 되는 부분은 고장 난 가전제품을 수리해서 번 돈으로 충당하기로 했다.

어려서부터 유난히도 손재주가 좋았던 화수는 중학교를 다닐 때부터 고물상에 들어오는 가전제품을 알아서 수리해 냈다.

고장이 단단히 나서 버린 물건들이 화수의 손을 거치면 쓸 만한 중고 가전제품으로 재탄생하곤 했다.

그는 손재주와 더불어 기계가 어떤 원리로 작동하고 그것에는 무엇이 필요한지 터득해 내는 특출 난 재능을 타고났다.

만약 그의 집안 사정이 어렵지 않았다면 그는 지금쯤 공대를 졸업해서 대기업에 취직했을 것이다.

아니면 기계공학도가 되어 박사 과정을 밟고 있을지도 모른다.

이유야 어찌 되었던 지금은 그 모든 것이 지난일일 뿐이다.

"총각, 고칠 수 있겠어?"

올해로 일흔이 넘은 노파는 화수에게 오래된 라디오를 가지고 와서 고쳐달라고 부탁했다.

하지만 그것은 그리 녹록하지 않은 일이었다.

일단 라디오의 크기부터가 일반적인 라디오에 비해 엄청

나게 컸다.

그리고 라디오의 겉면에 나 있는 수많은 상처가 이 라디오가 얼마나 오래된 것인지 반증해 주고 있다.

아마도 이 물건은 50년도 더 됐을 것이다.

그러나 화수는 의뢰를 받았다.

"최선을 다해보겠습니다만, 어려울 수도 있어요."

"꼭 좀 부탁하네. 내가 워낙 아끼는 물건이라서 말이야."

"알겠습니다. 최선을 다해보겠습니다."

골동품이나 다름없는 물건을 수리하는 화수의 얼굴에 사뭇 진지함이 묻어난다.

그의 아버지 진우가 생전에 이런 말을 했다.

"이 세상의 모든 물건에는 영혼이라는 것이 있어. 그래서 함부로 버리면 안 되는 것이지. 물건이든 동물이든 정을 주었으면 끝까지 책임을 져야 하는 거야."

비록 자신을 궁지로 몰아넣은 아버지이지만, 화수는 그 말을 가슴 깊이 새기고 살아가고 있다.

고철 덩어리 라디오라도 쉽게 포기할 사람이 아니라는 소리다.

그는 무려 네 시간 동안이나 수리비 5천 원짜리 라디오에 매달렸다.

해가 뉘엿뉘엿 질 무렵, 화수는 간신히 라디오 수리를 끝냈다.

─치이익, 오늘의 날씨를 알려드립니다.

"잘 나오지요?"

전원을 켠 라디오는 가까스로 전파를 잡아내었다.

노파는 손뼉을 치며 기뻐했다.

"아이고, 총각, 고맙네!"

"별말씀을요."

커다란 라디오를 수레에 실어서 다시 가지고 가려던 노파 앞에 자동차 한 대가 다가와 멈추어 선다.

"어머니, 한참 찾았잖아요!"

50대 초반으로 보이는 말끔한 신사가 노파를 차에 태우며 그녀를 나무란다.

하지만 그녀는 오히려 눈살을 찌푸리며 답한다.

"아들놈이라고 하나밖에 없는 것이 매몰차게 라디오 하나도 제대로 고쳐주지 않으니 그렇지."

"어휴, 어머니."

"아무튼 가자."

노파가 화수에게 오천 원짜리 한 장을 건넨다.

"고마우이. 나중에 또 올게."

"감사합니다. 또 오세요."

이윽고 차는 떠났고, 오늘 하루 종일 라디오를 고쳐서 번 오천 원만 남았다.

화수는 실소를 흘렸다.

"이게 지금 나의 현주소인가?"

반나절 일당이 겨우 오천 원이라니 웃음밖에 나오지 않았다.

하지만 그는 좌절하지 않고 다시 내일을 준비했다.

*   *   *

화수와 지수는 오늘 하루 두 사람이 번 돈을 합해 보았다.

다 합하니 사만 원이 조금 넘는다.

"생각보다 더 적네."

"어쩔 수 없지. 처음부터 욕심내면 일을 그르친다 하니 좋게 생각하자고."

몸이 아프다고 지수를 집에서 쉬라고 했더니 부업으로 돈을 벌고 있었다.

심지어는 오늘 하루 종일 허탕을 친 화수보다 더 많은 돈을 벌었다.

이렇게 되면 누나한테 면목이 없어지는 화수다.

"쩝, 미안하게 되었어. 내가 조금 더 열심히 벌어야 하는데 말이야."

그녀는 고개를 가로저었다.

"뭐 어때. 난 네가 이렇게 멀쩡히 깨어난 것만으로도 감사할 따름이야."

"말이라도 고마워."

지수는 화수의 머리를 쓰다듬으며 말했다.

"난 네가 이렇게 눈을 뜨고 나와 함께 마주 앉아서 얘기를 하고 있다는 것만으로도 기뻐. 네가 누워 있을 때 난 혼자서 너에게 말을 걸고 혼자 대답하곤 했거든."

"누나……."

"그런 네가 이렇게 일어나서 나와 함께 마주 앉아서 얘기를 하고 있으니 가슴이 벅차."

"이제부터는 그럴 일 없을 테니 걱정하지 마."

"그래, 누난 이제 화수만 믿을게."

이 세상에 단둘이 남은 화수와 지수는 서로를 의지하며 험한 풍파를 헤쳐 나갈 수밖에 없었다.

앞으로 화수는 그녀를 실망시키지 않기 위해 무던히 노력할 것이다.

이제 하루를 마무리할 시간이다.

잠자리에 들기 전 화수는 마당에 있는 전조등을 끄기 위해 문을 열었다.

"불 끄러 가게?"

"응."

"여기 있어. 내가 다녀올게."

화수는 고개를 가로저었다.

"몸도 불편한 사람이 왜 움직여? 내가 다녀올게."

"아직 허리가 아픈 것은 너도 마찬가지잖아."

"아니야. 괜찮아. 내가 간다니까."

"내가 갈게!"

"좀 앉아 있으라니까!"

이러다간 불 끄는 것으로 싸울 판이다.

화수는 문득 이럴 때마다 그녀와 하던 놀이가 떠올랐다.

"그럼 이렇게 하자. 판치기 해서 이기는 사람이 다녀오기."

"좋아!"

판치기, 책이나 공책 위에 동전을 올려놓고 일제히 같은 면이 되도록 뒤집는 사람이 이기는 게임이다.

만약 첫 판에 동전이 한 번에 뒤집히면 완승으로 게임이 끝나며, 그렇지 않다면 모든 동전이 다시 같은 면이 되면 이기는 것이다.

화수와 지수는 오늘 번 돈 중에서 100원짜리 네 개를 소설책 위에 올려놓았다.

"가위, 바위, 보!"

선공을 정하는 내기에서 화수가 이겼다.

"앗싸! 내가 이겼어!"

그는 책을 살며시 구긴 후 동전을 나란히 놓았다.

이렇게 하면 동전을 더욱 수월하게 넘길 수 있었다.

"자, 그럼 친다?"

"어? 공책 너무 심하게 구기면 안 되는 것 몰라?"

"에이, 그런 게 어디 있어? 그냥 할래."

"안 돼! 이렇게 다시 판판하게 만들고 해!"

"쳇, 그래. 다시 판판하게 만들게. 됐지?"

"후후, 진즉 그래야지."

이상하게도 별것도 아닌 일에도 내기만 붙으면 승부욕이 불타는 두 사람이다.

올해로 스물아홉, 스물일곱이 된 두 남매는 마치 어린 아이들처럼 놀이에 빠져들었다.

아주 오랜만에 두 남매의 입가에 웃음꽃이 피어났다.

"후우, 오랜만에 치려니 은근히 긴장되는군."

"메롱! 망해라!"

"훗, 하수처럼 굴긴."

선공을 잡은 화수가 책을 앞으로 밀듯이 살짝 쳤다.

따악!

순간, 동전이 일제히 같은 모양으로 뒤집어졌다.

"아싸! 내가 이겼어! 봤지?"

"쩝, 어쩔 수 없지."

화수는 자리에서 일어나 마당을 밝히고 있는 전조등을 끄러 나갔다.

그런데 그는 이 상황이 뭔가 조금 이상하다는 것을 느꼈다.

"잠깐, 그러고 보니 이건 내가 이겨서 좋은 것이 아니잖아?"

"쿡쿡쿡! 바보!"

"쳇, 또 당했네!"

어려서부터 항상 지수에게 당하고 사는 화수다.

하지만 그는 알면서도 그녀에게 매일 당해주고 살았다.

아마 앞으로도 그렇게 살아갈 것이다.

*   *   *

다음 날 아침, 화수는 일찍부터 고물을 수집하기 위해 대전역으로 나섰다.

하지만 오늘도 역시 수레의 절반도 채 채우지 못한 채 돌아왔다.

"별수 있나?"

무한 긍정의 사상을 가지고 있는 화수이지만 사람이 돈을 못 벌면 굶어 죽는다는 것을 알고 있다.

고로 지금의 상황에선 그저 최선을 다하는 수밖에 없었다.

그는 동네를 돌면서 고물을 수리한다며 한참을 떠들고 다녔다.

"고장 난 세탁기, TV, 라디오, 에어컨, 전자레인지, 전자제품 고칩니다! 큰 것 만 원, 작은 것 오천 원!"

중고제품을 직접 수거해서 고쳐 팔면 좋겠지만, 아직까지 자동차가 없으니 그럴 수가 없다.

그래서 이렇게 동네를 돌면서 메가폰 방송을 하고 있는 것이다.

"오늘은 허탕인가?"

두 시간을 넘게 돌아다녀도 손님이 없어서 화수는 다시 고물상으로 향했다.

고물상으로 돌아온 화수는 아주 작은 실험을 준비했다.

뒷마당에 있는 손바닥만 한 나무 인형에 생명을 불어넣는 실험이다.

이것은 앞으로 그가 마도학자로서의 발전에 아주 큰 영향을 미치게 될 것이다.

그는 폐가를 철거하면서 얻은 크리스털 샹들리에서 작은 조각을 떼어냈다.

사각사각.

그는 크리스털에 원형을 띤 기하학 무늬를 새기고 그 주변으로 고대의 룬어들을 채워 넣었다.

고대 언어인 룬어를 일정한 수식대로 배열하게 되면 마나가 특별한 힘을 발휘하게 된다.

마도학은 그 기본적인 룬어의 수식에 현대의 공학과 비슷한 원리를 접목시킨 학문이다.

"후우……!"

화수가 기하학 무늬에 마나를 불어넣자 크리스털이 작은 고동을 일으킨다.

두근!

크리스털은 스스로 마나를 특정 물질이나 생명체에 전달해 생명을 불어넣는 신비의 물질로 탈바꿈했다.

이것이 바로 화수가 생체병기를 만들어낼 수 있던 원천, 바로 마나코어이다.

"후후, 좋아. 작으면 어때."

그 크기와 강도가 워낙에 작고 미약해서 기껏해야 손가락만 한 나무 인형을 움직이는 것이 고작이지만, 이것이야말로 마도학의 결정체였다.

화수는 마나코어를 나무 인형의 중앙에 부착시켰다.

그리고 인형의 중앙 부근을 시작으로 팔과 다리, 머리로 이어지는 마나 신경을 만들었다.

마나 신경은 마나코어에서 생성되는 마나를 효과적으로 이동시켜 무기체를 유기체로 만드는 과정이다.

물론 자체적으로 자율신경계를 가지고 있는 동식물에겐 필요치 않는 과정이다.

"자, 이제 한번 걸어볼까?"

신경이 모두 연결되자 나무 인형이 자리에서 일어나 마당을 휘젓고 다닌다.

달그락달그락!

"성공이다!"

아이들의 인형극장에서 사용하던 나무 인형이라서 그런지 움직임이 꽤나 자연스럽다.

하지만 문제는 통제가 불가능하다는 것이다.

"거, 거기 안 서!"

달그락달그락!

잡힐 듯이 잡히지 않는 나무 인형이다.

나무 인형은 화수를 농락하기라도 하듯이 그의 손아귀에서 번번이 빠져나갔다.

달그락달그락!

덜그럭거리며 달아나는 꼴이 마치 화수를 약 올리는 것 같았다.

"빌어먹을 자식! 잡히면 팔다리를 부러뜨릴 테다!"

바로 그때였다.

"총각, 나 왔어."

"하, 할머니?!"

고물상 문을 향해 달리던 나무 인형이 노파의 다리에 부딪쳐 넘어지고 말았다.

달그락!

퍽!

"으음? 이게 뭐야?"

'이때다!'

화수는 그때를 이용해 재빨리 나무 인형을 짓밟았다.

퍼억!

그리고는 너덜너덜해진 나무 인형을 집어서 재빨리 숨겼다.

"별것 아닙니다. 장난감이 고장 났는지 말을 듣지 않네요. 이 녀석도 더위를 먹은 모양입니다."

"그래? 별일이군."

하마터면 큰일을 치를 뻔한 화수다.

하지만 마나코어가 제대로 작동하는 것을 알았으니 꽤나 큰 성과를 거두었다고 할 것이다.

*　　　*　　　*

재활 이 주일째.

이제는 비교적 산을 수월하게 탈 수 있을 정도로 몸이 회복되었다.

하지만 아직까지 숨이 턱까지 차오르는 것은 어쩔 수 없었다.

"허억허억!"

마나홀이 발달하면서 화수의 몸은 점차적으로 나아가고

있었다.

대자연의 기운을 머금고 있는 마나이기 때문에 인간의 몸에 들어오면 상당히 이로운 작용을 하게 된다.

그 실 예로 마도병기를 들 수 있다.

마도병기가 그렇게 강력할 수 있던 것은 마나코어가 신체를 지배하기 때문이다.

마나가 신경 체계를 재구성하면서 신체능력이 열 배 가까이 상승한 마도병기들은 그 흔한 감기조차 걸리지 않은 무적의 신체를 갖게 된다.

인간의 신경 체계에 마나가 투입되면 엄청난 힘을 갖게 될 것이라 예상한 카미엘의 생각은 적중했다.

마법사들의 체력이 약한 것은 오로지 집중력에 의지해 마법을 사용하기 때문이다.

카미엘은 일찍부터 마나가 인간의 몸에 합성되면 아주 좋은 작용을 한다고 생각해 왔다.

그리고 그 생각은 사상 최강의 괴물인 마도병기를 탄생시키게 된다.

바꾸어 말하면 마나가 신체에 들어와 인체의 기관 곳곳에 스며든다는 것은 신체능력을 증강시킨다는 소리이다.

지금 화수의 몸이 회복되고 있는 것도 그와 같은 원리이다.

마나코어처럼 직접적으로 신경계를 재구성하고 신체에 직접 마나를 공급하는 것은 아니더라도 화수의 단전은 그와 비

숫한 역할을 해주고 있었다.

덕분에 화수의 몸은 2주 전과 비교했을 때 눈에 띄게 많이 좋아져 있었다.

한 시간이나 걸리던 산행은 단 30분 만에 주파할 수 있게 되었으며, 턱걸이를 무려 세 개 이상 할 수 있는 근력을 갖게 되었다.

달리기와 턱걸이를 마친 화수는 항상 자신이 앉아서 명상하는 곳을 찾았다.

"후우……!"

신체능력이 상승하면서 집중력과 기억력 역시 상상조차 할 수 없을 정도로 좋아졌다.

그는 오늘도 룬어를 이용해 마법을 시전해 보았다.

"#$@%·&……."

화수는 룬어가 마나를 재구성할 수 있도록 주문을 외운 후 발동어를 외쳤다.

"아이스!"

이윽고 화수의 주변으로 서서히 냉기가 생기더니 이내는 주먹만 한 얼음이 만들어진다.

아이스 마법이 발동되고 난 후 화수는 자신의 단전이 꿈틀거리는 것을 느꼈다.

"으음?!"

단전에 원이 생겨났다.

화수가 그토록 바라던 완벽한 서클이 생성된 것이다.

"드디어……!"

그는 환생한 지 3주일 만에 드디어 1서클 초입에 들어섰다.

＊　　　＊　　　＊

쏴아아아아!

이른 여름, 드디어 장마가 시작되었다.

장마는 대비를 못하면 피해가 크지만 이렇게 물이 귀할 때는 이 세상 무엇보다 귀한 손님이 된다.

농부들은 환호성을 지르고 있지만 화수로선 걱정과 근심에 고개를 떨구었다.

"억수같이 내리네. 이래선 장사를 못하는데 말이야."

고물을 수거하는 일과 고장 난 전자제품을 수리하는 등의 일은 비가 오면 할 수가 없다.

때문에 화수의 마음도 우중충해진다.

하지만 지수는 이런 상황에서도 웃음을 잃지 않았다.

"화수야, 우리 지짐이 해먹을까?"

지짐이는 기름진 음식을 통틀어 말하는 대명사이지만 보편적으론 전을 뜻한다.

"전? 우리 주제에 무슨 전?"

"에이, 아무리 가난해도 밀가루 조금 없을까 봐."

그녀는 찬장 깊숙이 보관해 놓은 조금 오래된 밀가루를 꺼낸다.

"조금 오래되긴 했는데 그냥저냥 먹을 만할 거야."

화수는 벌써부터 군침을 흘린다.

"이야, 내 생전에 누나가 해주는 지짐이를 다 먹어보겠네?"

"앞으로 살림이 나아지면 더 맛있는 것 해줄게."

지수는 밀가루 반죽에 김치와 바지락을 넣고 치대기 시작한다.

바지락은 아랫집에서 부업거리를 받아오다가 우연히 얻은 것이다.

기껏해야 한 줌이지만 그것만으로도 충분히 감칠맛을 낼 수 있었다.

반죽이 끝나자 지수는 신문지를 깔고 전을 부치기 시작한다.

치지지지직!

향긋한 바지락 김치전 냄새가 온 집 안 가득 진동한다.

"킁킁! 냄새 좋고!"

벌써부터 신이 난 화수에게 지수가 싱크대 아래를 가리킨다.

"저 아래 보면 술 있을 거야. 가져와."

"술? 술 죽이지!"

술이라면 자다가도 벌떡 일어나는 화수다.

재빨리 자리에서 일어나 싱크대를 열어보니 절반쯤 남은 1.5L짜리 정종이 보인다.

"우와! 웬 정종?!"

"이번 구정 때 동네 어르신들이 차례를 지내고 남은 술을 가져다 주셨어. 마당에 몇 잔 뿌리면 잡귀를 쫓아내 네가 일어날지도 모른다고 말이야."

터무니없는 미신이지만 그 마음이 너무나도 고마운 화수다.

변두리 작은 마을의 인정은 이 각박한 세상의 풍파 속에서도 꿋꿋이 견뎌내고 있었다.

이윽고 먹음직스러운 김치전이 몇 장이 완성되었다.

화수는 물컵에 정종을 따라 지수와 한 잔씩 나누어 들었다.

"한잔할까?"

"좋지!"

모두 동네에서 얻어온 아주 오래된 것들이지만 이것만으로도 충분히 남매의 술자리를 채워주었다.

"짠!"

팅!

조촐한 술판이지만 임금이 마시던 어사주와 비교해도 전혀 손색이 없었다.

"크흐, 좋다!"

정종 한 잔에 지수가 만든 김치전으로 안주를 삼으니 술이 달게 느껴진다.

거기에 밖에는 비까지 내리니 화수는 이것이야말로 신선놀음이 아니고 무엇인가 싶다.

"이런 걸 두고 금상첨화라고 하는 모양이지?"

"그러게."

아마도 사람들은 이런 것을 행복이라고 부르는 모양이다.

매일매일 고되고 힘든 화수지만 이런 작은 행복을 누릴 수 있다면 환생하길 참으로 잘했다는 생각이 든다.

* * *

하루에 한 번씩 마나코어를 만들며 수련하던 화수는 마침내 강아지만 한 물체를 움직일 수 있는 마나코어를 만들어낼 수 있었다.

화수는 실제 크기와 비슷한 강아지 인형에 나무로 뼈대를 만들고 마나 신경 체계를 잡았다.

그리고 심장 부위에 마나코어를 장착시켰다.

요즘 TV에서 유행하는 '브라X니'는 네 발로 마당을 뛰어다니며 자신이 온전히 움직일 수 있음을 과시한다.

사각사각.

하지만 나무로 뼈대를 만들어서 그런지 여기저기에서 나무 갈리는 소리가 들린다.

"절반은 성공한 셈인가?"

여전히 나무 인형을 통제할 수는 없지만, 조만간 마나코어의 기술력이 높아지게 되면 명령을 내릴 수 있는 경지에 이르게 될 것이다.

나무로 만든 브라X니는 약 네 시간 정도를 뛰어다니더니 이내 자리에 푹 주저앉아 버린다.

마나코어의 크기가 너무 작아서 하루 종일 몸을 운신하기엔 무리가 있는 것이다.

화수는 나무 인형에서 마나코어를 떼어내 제대로 작동하고 있는지 확인해 보았다.

"이런, 마나를 너무 많이 잡아먹어서 마나코어가 견디질 못하는구나."

대기 중의 마나를 정제시켜서 신경 체계를 움직이는 마나코어이기 때문에 마나가 부족하게 되면 그 역할을 제대로 할 수 없게 된다.

지금 마나코어의 상태는 빈 건전지와 비슷한 상태였다.

이제 이것을 대기 중에 가만히 놓아두었다가 다시 마나가 차면 사용해야 할 듯하다.

"후우, 쉽지가 않군."

자동차로 치면 연비 개선이 필요한 시점이었다.

하지만 화수는 포기하지 않고 다시 실험에 들어갔다.

지금 이 순간 화수에게 가장 필요한 것은 바로 근성이었다.

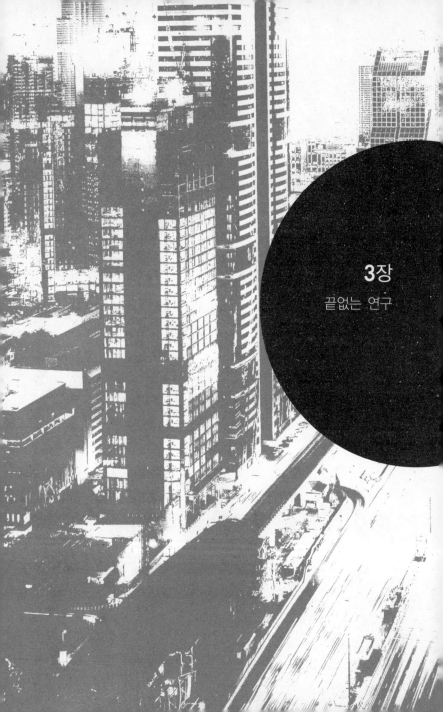

3장

끝없는 연구

　늦은 밤, 화수는 자신의 허리까지 오는 나무 인형에 마나 신경 체계를 만들었다.

　그리고 그 안에 반쪽짜리 마나코어를 장착시켰다.

　달그락달그락.

　마나코어가 장착된 나무 인형이 푸른빛 안광을 번쩍이며 자리에서 일어선다.

　"일단은 성공이군."

　화수는 녀석에게 완벽하지 않은 반쪽짜리 마나코어를 장착시켰다.

　마나코어를 반쪽으로 자르면 마나를 정제하는 능력은 두

배로 줄어들지만 피조물과 술자 간의 교감이 가능하다.

하지만 아직까지 화수의 미력한 마력으로는 그저 그의 뒤를 졸졸 따라다닐 뿐이다.

화수는 성인 남성의 무릎까지 오는 나무 인형을 데리고 마당을 돌아다녔다.

그러자 나무 인형은 마치 강아지처럼 그를 졸졸 쫓아다닌다.

달그락달그락.

속도가 좀 느려서 그렇지 확실히 화수를 따라온다는 느낌을 받을 수 있었다.

"장족의 발전이군."

처음에 나무 인형이 화수의 통제를 벗어나 그를 조롱하던 것을 생각하면 지금은 크나큰 성장을 거두었다고 할 수 있었다.

녀석이 제대로 움직일 수 있다는 것을 확인한 화수는 나무 인형을 데리고 뒷마당으로 향했다.

그를 졸졸 따라와 곁에 앉은 인형을 바라보며 화수는 고개를 가로저었다.

"그저 따라다니는 것 말고는 할 수 있는 것이 없구나."

어쩔 수 없다.

나무 인형으로 무언가를 도모하기엔 시일이 많이 필요할 듯했다.

이른 아침, 화수는 폐지 수집 현장이 아닌 철거 현장으로 향했다.

이젠 제법 정상인처럼 걸을 수 있게 된 화수는 여러 철거업자들이 참여하는 현장에 일당쟁이로 일하게 되었다.

원래 산소용접과 전기용접을 제법 할 줄 아는 화수이기 때문에 철거 현장에서 일하기엔 안성맞춤이었다.

오늘 화수가 맡은 일은 천장에 달려 있는 환풍구를 떼어내는 작업이었다.

슈아아아악, 치지지지직!

산소통에 용접기를 연결해 온도를 극으로 끌어올리는 산소용접은 붙어 있는 철을 떼어내는 작업에 주로 사용된다.

하지만 산소용접기의 온도가 상당히 높아서 노동 중에서도 중노동에 해당되는 작업이다.

사다리에 몸을 의지한 채 용접기를 잡은 화수의 온몸에서 땀이 비 오듯이 흐른다.

"후우, 덥구나."

보안경을 잠시 벗은 화수는 지상으로 내려와 물을 마셨다.

"꿀꺽꿀꺽!"

땀을 너무 많이 흘려서 그런지 물이 한도 끝도 없이 들어간다.

물을 다 마신 후 화수는 다시 사다리로 올라가 현장을 바라보았다.

"으음, 생각보다 작업이 늦게 끝나겠는걸."

애초에 이곳으로 오면서 들은 작업량보다 훨씬 더 작업거리가 많았다.

다른 인부들 같으면 애초에 때려치우고 돌아갔을 정도로 힘든 현장이지만, 그는 인내를 갖고 작업에 임했다.

오늘 일을 잘 마치고 돌아갈 때면 일당에 고물까지 얹어서받을 수 있기 때문이다.

화수는 집중해서 산소용접을 시작했다.

저녁 7시. 예상보다 두 시간 늦게 작업이 끝났다.

현장을 책임지는 소장이 화수에게 일당으로 15만 원을 건넨다.

"출장비에 추가 수당까지 넣었다. 불만 없지?"

소장 나름으로는 챙겨준다고 챙겨준 것이지만 원래 공사판의 관례로 미뤄볼 때 일당이 상당히 짠 편에 속한다.

원래 산소용접 일당이 12만 원을 넘는 판국에 출장까지 와서 잔업을 했으니 20만 원은 족히 받을 수 있다.

그러나 이것은 복지관에서 주선해 준 일이기 때문에 딱히토를 달기가 애매했다.

화수는 꾸벅 고개를 숙였다.

"감사합니다."

아마도 임금은 소장이 다소 떼어먹을 것이 분명하다.

그럼에도 불구하고 고개를 꾸벅 숙이니 그는 멋쩍은 표정을 짓는다.

"험험! 뭐, 그렇게 고마울 것까지야."

"아무튼 저는 이만 돌아가 보겠습니다."

다른 인부들과 함께 타고 온 트럭을 타고 집으로 돌아가려던 화수를 소장이 불러 세운다.

"잠깐, 고물이라도 좀 가지고 가."

"고물이요?"

"듣자 하니 고물상을 한다면서? 우리도 내일까진 이 고물들을 마저 다 치워야 하니 괜찮다면 가지고 가게."

"감사합니다."

주변에 널브러져 있는 고물들을 가지고 가면 꽤 짭짤한 부수입을 챙길 수 있을 것이다.

"고물을 다 챙겨서 가지고 가면 제가 섭섭지 않게 쳐드릴게요."

"좋지!"

화수는 자신과 함께 온 동료들을 데리고 와서 신속하게 고물을 챙겼다.

고물을 챙겨서 대전으로 내려온 화수는 동료들로부터 작자 몫의 고물을 사들였다.

전선을 비롯한 비철들을 비교적 저렴한 값에 구입할 수 있었다.

"두 당 5천 원씩이면 꽤나 짭짤하죠?"

인부들은 화수의 몫을 빼고 받은 돈을 세어보곤 고개를 끄덕인다.

"괜찮군. 그나저나 자네의 임금을 떼어 먹혀서 어쩌나?"

화수는 고개를 가로저었다.

"괜찮습니다. 이런 날도 있고 저런 날도 있는 법이지요."

인부들이 화수에게 공짜 술자리를 제안한다.

"자네 덕분에 공돈을 벌었으니 우리가 한잔 사겠네. 어떤가?"

"하하, 저는 괜찮습니다."

"어허, 그렇게 사양하지 말고 따라오게. 간단히 막걸리나 한 사발 할 거니까."

계속 거절하는 것도 도리는 아닌 것 같아 화수는 그들을 따라나섰다.

"그럼 한 잔만 하고 돌아오는 것으로 하시죠."

"하하, 그래. 가자고."

화수는 다섯 명의 인부와 함께 대폿집으로 향했다.

돼지껍데기는 저렴하고 담백한 맛 때문에 서민들이 가장 많이 찾는 술안주 중 하나다.

늦은 저녁이라서 그런지 퇴근하고 술 한잔하러 온 사람들로 대폿집은 문전성시를 이루고 있었다.

"한잔해."

"네, 아저씨."

오늘 함께 일을 한 사람들은 모두 멀지 않은 곳에 사는 이웃들이다.

대부분 기술을 가지고는 있지만 자격증이 없어서 제대로 된 대우를 받지 못하는 경우가 태반이었다.

"배운 것이 없어서 제값을 받고 일을 할 수 없다니, 일을 할 때마다 느끼는 것이지만 내가 바보가 된 것 같은 기분이야."

한국의 교육열이 다른 나라에 비해 월등히 높은 이유는 개발도상국 시절의 기성세대들이 잘 배우지 못하고 자랐기 때문이다.

그들은 배운 사람들의 지배를 받아오면서 못 배운 사람과 배운 사람의 차이가 하늘과 땅 차이라는 것을 경험으로 터득하고 있다.

"내 아들은 제대로 배워서 떼돈을 벌어야 하는데 아직도 정신을 차리지 못하고 매일 게임질이니 내가 근심이 커."

"언젠가는 정신을 차리고 정진하겠지요. 조금만 더 지켜보세요."

"후우, 그런 날이 과연 올지 모르겠군."

술자리가 무르익어 갈 즈음 화수는 무심코 시계를 보았다.

9시 30분.

이대로는 술자리가 너무 길어질 것 같아 화수는 먼저 자리에서 일어섰다.

"아저씨, 저는 이만 먼저 들어가 봐야 할 것 같습니다."

"뭐? 조금 더 마시지 않고?"

"누나가 집에서 기다리고 있어서요."

동료들은 그를 흔쾌히 보내준다.

"쯧, 마누라도 아니고 누나 때문에 들어가 봐야 한다니 조금 불쌍하기도 하군. 아무튼 잘 들어가라고."

"예, 그럼……."

그는 세 정류장쯤 되는 거리를 걸어서 가기로 했다.

지금 이 시간에 버스나 택시를 타기엔 돈이 너무 아까웠기 때문이다.

한참을 걸어 동네 어귀쯤 왔을까?

화수는 버스정류장에 서 있는 익숙한 얼굴을 발견했다.

"세라?"

그녀는 화수의 초, 중학교 동창이다.

고등학교는 화수가 기계공고를 가는 바람에 함께 가지 못

했지만 무려 9년 동안 같은 학교를 다닌 친구다.

정류장에 서 있던 세라 역시 화수를 발견하고 부른다.

"화수야!"

그녀는 요즘 버스회사 경리로 착실히 일하고 있었다.

그래서 그런지 깔끔하게 정장을 입고 있다.

"회사는 5시에 끝나는 것 아니었어?"

"응, 회식이 있어서 좀 늦었어. 넌?"

"난 일당치기 일거리 하루 해주고 나서 술 한잔했지. 아저씨들이 워낙 한잔하자고 성화셔서."

"그렇구나."

어린 시절엔 꽤나 친하게 지내던 두 사람이지만 화수네 집이 빚으로 인해 알거지가 되면서 사이가 서먹서먹해졌다.

두 사람은 집이 같은 방향이라 함께 걸어가기로 했다.

"최근에 자리에서 일어났다고 들었는데, 몸은 괜찮은 거야? 벌써부터 일을 다니면 안 될 것 같은데."

"괜찮아. 회복이 빠른 편이라서 요즘엔 고물도 줍고 부업도 해."

화수는 자신이 고물상에서 일한다고 한 번도 창피해한 적이 없다.

세라는 그런 화수에게 익숙해져 있는 상태였다.

"지금까지 언니 혼자서 벌었으니까 이젠 네가 벌어서 언니를 좀 편하게 해주면 되겠다."

"안 그래도 열심히 일하고 있어. 언젠가 기회가 된다면 밥이나 한 끼 사줄게."

"그래, 그래. 화수가 사주는 밥이나 한 끼 얻어먹어 봐야지."

도란도란 얘기를 나누다 보니 어느새 세라의 집 앞이다.

"잘 들어가."

"화수야, 잠깐만."

"왜?"

"이거 너 줄게."

그녀가 화수에게 건넨 것은 작은 천사가 그려져 있는 손수건이었다.

"이거 네가 직접 뜬 거야?"

"요즘 십자수 배우거든. 취미 삼아 하나 만들어봤어."

세라는 어려서부터 화수에게 자꾸만 뭔가를 주는 습관이 있었다.

아마도 지금 이 손수건도 그런 습관에서부터 비롯된 것이 아닌지 유추하는 화수다.

"고맙다. 잘 쓸게."

손수건을 받은 화수에게 세라가 말한다.

"나도 네가 일어나서 기쁜데 뭔가 해줄 것이 마땅치 않네. 뭐 갖고 싶은 것 없어?"

화수는 실소를 흘리며 말했다.

"네 청첩장."

"뭐, 뭐라고?"

"아주머니가 어서 빨리 막내딸 시집 좀 갔으면 좋겠다고 성화더라고. 이젠 너도 연애해서 시집갈 나이가 되었다고 말이야."

순간 그녀가 살짝 인상을 구긴다.

"…하여간 그 엄마 주책은."

"갈 사람은 가야지. 안 그래?"

그녀가 조금 어색하게 웃는다.

"가고 싶어도 갈 만한 사람이 없어서 못 간다. 화수 너처럼 성실하고 성격 좋은 남자가 없네?"

"후후, 무슨 그런 끔찍한 소리를. 나 같은 남자는 신랑감으로 빵점이지."

"네가 왜?"

"알면서 뭘 물어? 그건 네가 가장 잘 알면서."

"난……."

화수는 그녀에게 손을 흔들었다.

"아무튼 손수건 고맙다. 잘 쓸게."

시간이 늦었다며 달려가는 화수.

그녀는 그런 그를 가만히 바라보고 서 있었다.

* * *

원격으로 조종이 가능한 나무 인형을 만들자면 강력한 마나코어가 필요했다.

쏴아아아아!

비가 오는 오늘은 작업도 없고 고물 수집도 할 수 없다.

그는 뒷마당에 앉아서 마나코어를 단련해 보기로 했다.

화수는 며칠 전 철거 현장에서 주운 족욕기로 마나코어를 단련시키기로 했다.

그가 주워온 족욕기는 음이온을 만들어내는 게르마늄이 장착돼 있다.

족욕기에 물을 붓고 게르마늄에 전기 자극을 가하면 음이온이 생성되면서 발의 피로를 풀어주는 형식이다.

이것은 마나코어를 재련하는 방식과 아주 흡사했다.

깨끗한 물에 마나코어를 담그고 그 주변으로 약간 낮은 마나코어를 몇 개 부착한다.

그리고 주변의 마나코어에 물리적 자극을 주면 마나코어가 공명하면서 농도가 연한 마나가 물을 타고 흐르게 된다.

이때, 자연 상태의 마나가 재련할 대상인 마나코어를 적당히 자극시켜 단련 효과를 내는 것이다.

화수는 조금 무리해서 작은 마나코어 조각 네 개를 만들어 족욕기에 달았다.

그리고 그 중앙에 오늘 단련시킬 마나코어를 넣고 족욕기의 전원을 연결했다.

지이이이잉.

게르마늄이 달려 있어야 할 곳에 붙어 있던 마나코어가 공명하면서 족욕기에 가득 차 있던 물이 자연 상태의 마나로 물든다.

스스스스스.

화수는 족욕기에 받은 물에 손가락을 담가보았다.

"농도가 조금 진하군."

손가락 끝으로 전해지는 마나의 농도가 너무 진한 것 같았다.

그는 족욕기로 유입되는 전기의 양을 극소화시키기 위해 전압을 낮추도록 회로판을 개조했다.

이렇게 전압을 낮추면 한 달 내내 족욕기를 틀어놓아도 전기세 부담도 확 낮아질 테니 일석이조라고 할 수 있었다.

전력 공급이 조금 낮아지자 물을 타고 흐르던 마나의 농도도 서서히 연해진다.

스스스스스.

다시 한 번 손가락을 담가본 화수는 만족스러운 표정을 지었다.

"그래, 이 정도 농도라면 아주 제대로 재련이 되겠어."

화수는 족욕기의 중앙에 재련 대상이 될 마나코어를 담갔다.

그러자 마나코어가 공명에 반응하면서 조금씩 그 색이 진해진다.

마나의 고유색은 파란색으로 마나가 공명하거나 폭주하면 그 색이 육안으로 볼 수 있을 정도로 진하게 표출된다.

지금의 경우는 마나가 아주 적당히 폭주하고 있는 셈이다.

마나가 폭주하고 안정되기를 반복하면서 마나코어를 단련시키는 것이니 강철을 단련시키는 과정과 아주 비슷하다고 할 수 있었다.

화수는 족욕기를 비와 바람을 피할 수 있는 천막 안에 넣어 놓고 돌아섰다.

이제 남은 것은 마나코어가 화수의 마음에 드는 순간까지 재련되기만을 기다리면 되었다.

*　　　*　　　*

이른 아침, 오늘도 화수는 수레를 끌고 대전역으로 향했다.

이제는 제법 가벼워진 몸으로 수레를 끌고 있지만 여전히 행색은 넝마주이와 다를 바 없었다.

끼릭끼릭…….

하지만 예전과 조금 다른 모습이 있다면 수레의 뒤편에 바퀴가 달린 나무 인형이 매달려 있다는 것이다.

마나코어를 두 개로 나눈 후 바퀴가 달린 나무 인형을 만들어 마나 신경 체계를 연결한 것이다.

이렇게 하면 나무 인형은 무조건 화수를 따라올 테니 수레를 끄는 힘을 분산시킬 수 있다.

더군다나 그냥 보조 바퀴 하나 더 단 모습이니 일반인이 보기에도 딱히 이상해 보이지 않을 것이다.

오늘따라 유난히도 몸이 가벼워진 화수는 뛸 듯한 걸음으로 대전역으로 향했다.

사그락사그락.

뒤에서 수레를 밀어주는 나무 인형 덕분에 평소보다 무려 한 시간이나 일찍 대전역에 도착할 수 있었다.

"역시 사람은 머리를 써야 하는 법이지."

일찍 대전역 근처로 나오니 그야말로 이 근방은 별천지나 다름없었다.

술집이며 밥집이 지천에 널린 대전역 근처에서는 재활용품과 고철이 쏟아져 나온다.

더군다나 한동안 허탕을 치면서 터득한 경로엔 유난히도 많은 재활용품이 나와 있었다.

"대박이구나!"

화수는 그물망에 재활용품을 차곡차곡 담아서 수레에 한가득 실었다.

유리병이나 고철과 같이 무게가 많이 나가는 물건은 수레의 앞에 싣고 페트병과 같이 가벼운 재활용품은 수레의 위편과 옆면에 주렁주렁 매달아서 무개를 분산시켰다.

이렇게 하면 엄청나게 많은 고물을 실어서 돌아갈 수 있었다.

대전역을 시작으로 대동과 소제동, 자양동까지 모두 돈 화수의 수레에는 어느새 고물이 한가득 쌓였다.

"후후, 이 정도면 되겠어."

더 이상 실을 공간이 없을 때까지 수레를 채운 화수는 다시 판암동으로 향했다.

비탈을 몇 개는 더 넘어야 하는 험한 길이지만, 나무 인형이 든든히 뒤를 받쳐주어 힘이 훨씬 덜 들었다.

하지만 힘이 아주 안 든다는 것은 아니다.

"허억허억······!"

땀이 비 오듯이 흐르고 옷에는 구정물과 오물이 묻어 거지 행색이 따로 없었다.

그런 화수이지만 마을의 정중앙을 관통해서 집으로 향했다.

이 길이 가장 빠른 길이며, 가는 길에 전자제품 수리를 받아올 수 있기 때문이다.

수레를 이끌며 화수는 메가폰을 잡았다.

"고장 난 전자제품 고칩니다! 큰 것 만 원, 작은 것 오천 원!"

고물을 가득 실은 화수의 수레가 지나가자 몇 명의 노파가 다가온다.

"우리 집 세탁기가 고장 났는데, 이따가 와서 고쳐줄 수 있어?"

"예, 그럼요! 이따가 할머님 댁으로 찾아뵐게요!"

"그래, 알겠네."

세탁기를 비롯해 TV와 냉장고까지 주문을 받은 화수는 다시 걸음을 옮겼다.

*　　　*　　　*

카이스트 공학박사 공형진은 아침부터 어머니의 닦달에 표정이 일그러져 있다.

"기계공학을 전공한 아들에게, 그것도 박사에게 고물상을 찾아가라니, 이것 참, 기가 막힐 노릇이군."

아침부터 전자레인지가 고장 났다고 난리를 치는 어머니 때문에 그는 출근길에 고물상에 들러 수리를 맡기러 가는 길이다.

기계공학 분야에선 모르는 사람이 없을 정도로 유명한 공형진이기에 어지간한 기계는 다 고칠 수 있었다.

그런 그가 고작 고물상에 맡기는 것은 순전히 어머니의 고집 때문이다.

로봇을 만드는 전문가가 있으면 고장 난 물건을 고치는 전문가가 있다는 것이다.

지금 그가 찾아가고 있는 고물상의 주인이 딱 그런 사람이라는 것이 어머니의 주장이었다.

"…대학에서 알면 다들 놀라 자빠지겠군."

학계에선 독보적인 그가 고물상 넝마주이에게 수리를 맡기다니, 지나가던 개가 웃을 일이다.

이윽고 차를 몰아 고물상에 도착한 그는 빠끔히 열려 있는 고물상의 대문에 노크를 하려 다가섰다.

"후우, 내가 살면서 별일을 다 경험하는군."

혼자서 푸념이란 푸념은 다 늘어놓으며 노크를 하려는 그는 순간, 그 자리에 멈추어 섰다.

끼리릭끼리릭…….

고물을 가득 실은 수레가 고물상 주인이 움직일 때마다 그 자리를 졸졸 따라다니고 있는 것이 아닌가?

수레가 알아서 움직인다는 소리는 들어본 적이 없다.

'일종의 유도 장치가 붙어 있는 건가?!'

특정 물체가 사람을 따라다니는 유도 기술은 어지간한 공학자가 아니면 보유하기 힘든 기술이다.

더군다나 수레는 청년이 물건을 옮길 때엔 가만히 있다가 그가 움직이면 따라 움직이고 있었다.

이것은 유도 기술에 어느 정도 인공지능까지 갖추고 있다는 소리다.

'뭐야? 그냥 어중이떠중이 넝마주이가 아닌 건가?!'

게다가 가장 놀라운 것은 청년이나 수레에서 뭔가 거대한 유도 장치를 발견할 수 없다는 것이다.

숨을 죽인 채 청년을 지켜보던 그는 마른침을 삼켰다.

'무, 물건이다!'

저 움직이는 수레가 청년이 직접 만든 것이든, 그렇지 않든 저 수레가 특별한 것임은 분명했다.

끼익—

공형진은 고물상 대문을 열었다.

*   *   *

아침나절에 모은 고물과 재활용품을 정리해 놓은 후에야 화수는 아침을 먹었다.

비록 어제 도시락업체에서 가져다 준 차가운 도시락이지만 화수는 허겁지겁 먹기 시작했다.

시장이 반찬이라고, 그는 찬밥 더운밥 떠지지 않고 다 먹어 치웠다.

밥을 다 먹고 슬슬 동네를 돌며 전자제품을 수리하러 출발하려던 화수에게 손님이 찾아왔다.

"계십니까?!"

얼마 전 화수에게 라디오를 고치러 온 노파의 아들이다.

"무슨 일이십니까?"

그는 조금 멍한 표정으로 화수를 바라보았다.

"우리 집에… 전자레인지가 고장 났답니다. 어머니께서 당신에게 수리를 맡기고 싶어하시네요. 와줄 수 있습니까?"

화수는 흔쾌히 고개를 끄덕였다.

"좋습니다. 하지만 제가 오전에는 시간이 없습니다. 동네 어르신들께서 수리를 부탁하셔서요."

"…꽤나 바쁘시군요. 언제쯤 오실 수 있겠습니까?"

"정오쯤엔 도착해 있을 겁니다."

"알겠습니다. 부탁 좀 합시다."

"살펴 가십시오."

고개를 숙이는 화수에게 그는 재차 방문해 줄 것을 강조한다.

"…꼭 오십시오. 기다리고 있을 테니."

화수는 고개를 갸웃거렸다.

'뭐야? 왜 이렇게 정색을 하는 거지?'

꼭 충격을 먹은 사람처럼 정색하는 그를 이해할 수 없는 화수다.

하지만 세상 사람들에겐 개개인의 사정이 있으니 그러려니 이해하고 넘어간다.

"알겠습니다. 나중에 다시 보시죠."

이윽고 사내가 돌아섰다.

그가 돌아간 후 화수는 공구를 챙겨 집을 나섰다.

바로 그때였다.

마나코어 빼놓는 것을 깜빡해서 수레가 화수를 따라 나온다.

끼리릭끼리릭!

그제야 화수는 뭔가 하나를 빼먹었다는 것을 깨달았다.

"아참, 이 녀석을 깜빡했군."

나무 인형은 마나코어를 떼어놓지 않으면 하루 종일 화수를 졸졸 쫓아다닐 것이다.

그는 나무 인형에서 마나코어를 빼 주머니에 넣었다.

그러자 나무 인형은 더 이상 화수를 따라오지 않는다.

"다음엔 조금 더 큰 놈으로 만들어봐야겠어."

화수는 주문 받은 가전제품을 수리하기 위해 동네로 향했다.

*   *   *

아침나절 꼬박 TV와 냉장고, 세탁기를 수리한 화수는 점심을 거른 채 마지막 의뢰를 해결하기 위해 나섰다.

"후후, 오늘은 운이 좋아 장사도 잘되는구나."

큰 물건을 세 개나 고쳐 3만 원, 거기에 곧 전자레인지를 고쳐 5천 원을 벌 테니 평소보다 더 많이 벌었다고 봐도 무방

하다.

"이러다 떼돈 버는 것 아니야?"

여기서 트럭 한 대만 더 있으면 돈을 갈퀴로 긁어모을 수도 있을 것 같다는 망상도 해보는 화수다.

똑똑.

그는 의뢰를 받은 집의 문을 두드렸다.

"계십니……."

말이 채 끝나기도 전에 기다렸다는 듯이 문이 열린다.

"기다리고 있었습니다. 들어오시지요."

"아, 예."

무슨 고철쟁이가 백년손님도 아니고 버선발로 맞는단 말인가?

괜히 멋쩍어지는 화수다.

"험험! 일단 물건을 좀 볼 수 있을까요?"

"그러시지요."

그는 화수를 주방으로 안내한다.

오래된 물건을 아낄 줄 아는 할머니의 마음이 그대로 드러난 주방은 마치 60년대의 풍경을 보는 듯했다.

"이야, 이렇게 오래된 물건을 아직까지 쓰시는군요!"

"어머니는 물건을 잘 안 버리십니다. 그래서 TV도 20년 전에 산 것을 아직 그대로 가지고 계시지요."

전자제품을 20년 동안 가지고 있다는 것은 대단한 일이다.

어쩐지 할머니가 존경스럽게 느껴지는 화수다.

"말씀하신 전자레인지가 이것인가요?"

화수가 가리킨 전자레인지는 척 보기에도 상태가 그다지 좋아 보이지 않았다.

"제 여동생이 시집갈 때 혼수로 가지고 갔던 것을 어머니가 가지고 오셨습니다. 벌써 10년 전에 산 물건인데 말입니다."

"흐음, 그럼 내부 부속품이나 소모품이 대부분 노후했겠군요."

"뭐, 그렇다고 할 수 있겠지요."

화수는 전자레인지를 뜯어서 상태를 확인해 보았다.

필수적인 부품만 갈아주면 한동안 작동이 가능할 것 같았다.

그는 자신이 가지고 온 폐 전자레인지 제품들로 노후한 부품들을 교체해 주었다.

약 10분 후, 화수는 조립을 끝내고 못 쓰는 부품을 공구상자에 집어넣었다.

그리고 전자레인지의 전원을 켰다.

팅!

"제대로 작동하네요. 5천 원 되겠습니다."

수리를 끝내고 돈을 받으려는 화수의 요구에도 그는 무언가 생각하는 듯 가만히 서 있다.

"저, 사장님?"

화수가 그를 살쩍 건드리자 화들짝 놀란 그가 그제야 정신을 차린다.

"뭐, 뭐라고요?"

"수리비 말입니다. 오천 원입니다."

"아, 예……."

황급히 지갑을 꺼내어 화수에게 5천 원을 건네던 그는 갑자기 지폐를 붙잡는다.

"어, 어?"

"혹시 기계공학을 전공했습니까?"

화수는 고개를 가로저었다.

"그냥 공고를 나왔습니다만……."

"그럼 어디서 따로 기계를 배웠습니까?"

"어려서부터 아버지께서 이런저런 구조에 대해 알려주셨습니다. 제가 실제로 물건을 뜯어보고 공부하기도 했고요. 그런데 그건 왜 물으시죠?"

"…딱히 따로 공부를 한 것은 아니란 말이죠? 석사나 박사와 같은 학위를 가졌다거나……."

어쩐지 대화가 점점 산으로 가는 것 같다.

화수는 실소를 흘렸다.

"후후, 제가 그랬으면 이 변두리에서 고물상이나 운영하고 있겠습니까?"

"하긴……."

"그럼 저는 이만 가보겠습니다. 또 불러주십시오."

고개를 꾸벅 숙인 화수는 재빨리 집을 나섰다.

그의 행동거지가 너무나 꺼림칙했던 것이다.

하지만 화수가 사라진 이후에도 그는 뭔가 큰 충격에 빠진
얼굴로 서 있었다.

4장

재창조

제련기에서 단련시킨 마나코어로 이제 제법 그럴듯한 크기의 물건을 움직이는 데 성공했다.

물론 그것이 사람의 형상은 아니지만 하루 종일 화수의 수레를 이끌고도 남을 정도의 에너지를 축적할 수 있었다.

만약 이렇게 강력한 마나코어를 조금 더 인간과 비슷한 피조물에 삽입하게 되면 의사 전달이 가능할 수도 있었다.

화수는 뒷마당에 쌓아둔 대나무에 밀짚을 엮기 시작했다.

슥삭슥삭.

대나무는 탄성이 좋아서 어지간한 충격에도 충분히 견딜수 있으며 밀짚은 그 탄성을 보호하는 역할을 한다.

그러니까 이 대나무는 뼈대를, 밀짚은 근육과 살의 역할을 하는 셈이다.

언뜻 보면 허수아비를 만드는 것 같지만 사실은 그렇지가 않았다.

이 나무 인형은 관절이 90도까지 안으로 굽어지는 구조를 갖추어 나가고 있었으며, 허리와 다리 역시 인간의 것과 최대한 비슷하게 만들 생각이다.

한마디로 이 나무 인형은 고관절을 가진 특별한 인형인 것이다.

하지만 그만큼의 디테일을 갖추는 일은 하루 이틀의 공으로 될 것이 아닌 듯하다.

사람의 몸이 어떻게 움직이는지 정확하게 알아야 복잡한 신경 체계를 갖출 수 있기 때문이다.

그는 인근에 위치한 시립도서관을 찾아가기로 한다.

도서관이 좋은 점은 신분증만 있으면 무료로 책을 빌리고 인터넷까지 사용할 수 있다는 점이다.

"회원 가입을 하러 왔습니다."

도서관 사서는 화수의 신분증을 받아 회원 가입을 진행시킨다.

"반납 일을 어길 시엔 연체에 대한 책임을 지게 될 수도 있으니 유념하시기 바랍니다."

"예, 알겠습니다."

간단한 절차를 마치고 들어선 도서관은 그야말로 지식의 보고였다.

지금까지 화수는 먹고살기 바쁘다는 이유로 이런 지식들을 발로 뻥뻥 걷어차면서 살았다.

비록 마도학을 연구해서 지수를 치료한다는 목적이긴 하지만 지식을 쌓을 수 있다는 것은 축복이다.

화수는 도서관에서 인체해부학과 로봇공학에 대한 서적을 대출했다.

현재 한국에서 인조인간에 대한 연구는 이뤄지지 않고 있으니 마도학을 연구하자면 두 가지 지식을 모두 갖추어야 한다.

해부학을 비롯한 의학 서적과 공학 서적을 손에 든 화수는 산으로 향했다.

*　　　*　　　*

화수가 책을 들고 굳이 산으로 향한 이유는 명상을 할 때 집중력이 비약적으로 늘어나기 때문이다.

마법사들은 특유의 명상법을 통해서 마나를 모으지만, 그것을 통해 학문을 습득하기도 한다.

일만 개가 넘는 룬어와 그에 따른 수식과 배열을 외우자면 평생을 바쳐도 모자라다.

거기에 그때마다 수식을 다르게 하는 것 또한 보통 인간이 할 수 있는 경지가 아니다.

그래서 마법사들은 두뇌 회전을 열 배에서 많게는 스무 배까지 가속시키는 명상법을 개발해 냈다.

마법사의 역량이 발휘되는 순간은 바로 이 명상을 언제 어느 때나 사용할 수 있는 경지에 얼마나 가까이 다가서느냐이다.

아직까지 그런 경지엔 다가서지 못한 화수이기에 숲 속에서 명상을 하며 학식을 머리에 쑤셔 넣는다.

"…제1장은 해부학의 기초에 의거한……."

처음엔 입으로 글귀를 읽어나가지만, 그는 점차적으로 읽는 것 대신 눈으로 글귀를 대충 훑어나가기 시작한다.

찰나의 순간이지만, 눈동자가 스치고 지나간 자리에 있던 글귀는 화수의 머리에 똑똑히 각인된다.

이것은 화수가 천재 마도학자가 될 수 있던 이유 중의 하나이다.

그는 마나 명상법으로 인해 높아진 두뇌의 회전율을 가속시키는 방법을 터득하고 있는 유일한 인간이었던 것이다.

그래서 그는 찰나의 명상만 가능해도 두뇌 회전율을 오십 배까지 높일 수 있었다.

촤라라라라락!

종국엔 책을 그냥 대충 넘기는 것만으로도 지식이 머릿속에 들어와 콕콕 쑤셔 박힌다.

"쿨럭쿨럭!"

하지만 뇌를 너무 오래 사용하게 되면 신체가 지식을 감당하지 못해 폭주가 일어난다.

그 첫 번째 증상은 각혈로, 이때 명상을 그만두어야 문제가 생기지 않는다.

"5분이라……. 길다면 길고 짧다면 짧은 시간이군."

하루에 5분.

화수가 명상으로 두뇌의 회전력을 가속시킬 수 있는 시간은 단 5분으로 제한된다.

그렇지만 이 5분만으로도 그는 충분한 지식을 축적할 수 있었다.

오늘 그가 가지고 온 책은 총 열 권, 그가 읽은 책은 단 한 권이다.

고로 그는 열 권 중 한 권을 독파한 것이나 마찬가지다.

"인내심을 가질 필요가 있겠어."

명상을 마친 그는 다시 하산하여 집으로 향했다.

*   *   *

집으로 돌아온 화수는 하루의 일과를 모두 마친 후, 머릿속에 들어 있는 지식을 이용해 고관절 인형을 만드는 데 도전했다.

이제까지 만들던 조그만 나무 인형과는 비교가 될 수 없을 만큼 복잡하고 정밀한 설계가 이어진다.

화수는 해부학에서 본 그대로의 신경 체계를 구축할 수는 없지만, 최대한 인간의 움직임과 비슷한 관절을 만들기 위해 노력했다.

공사장에서 쓰다 남은 폐 벽지 위에 도면을 그린 화수는 이것을 과연 어떻게 만들 수 있을까 싶다.

"이래서 로봇공학이 가장 복잡한 학문이라고 하는 모양이군."

인체를 그대로 옮겨 기계로 만든다는 것은 새로운 인류를 재창조하는 것이나 마찬가지다.

그만큼 고도의 기술이 필요했다.

하지만 화수의 가장 큰 장점이라면 과학의 한계점을 마도학으로 채울 수 있다는 것이다.

인대와 연골 역할을 해줄 고무와 실리콘에 마나 신경을 연결하면 충분히 이완과 수축을 기대할 수 있다.

이젠 설계도대로 조립을 시작해 나간다.

며칠 후, 화수는 인간처럼 움직일 수 있는 팔과 다리, 그리고 허리를 차례대로 조립했다.

내구성이 다소 떨어질 수도 있지만 얼추 사람의 형상이 나타나는 것 같다.

"좋군."

무려 닷새나 걸리는 엄청난 작업이 드디어 끝이 났다.

이제 화수는 모든 신경 다발을 마나코어에 연결시켰다.

사그락사그락…….

화수의 키와 똑같은 크기의 밀집 인형이 자리에서 일어나 이리저리 몸을 움직인다.

그런데 행동이 조금 어색해 보인다.

그 모습은 마치 영화에서나 보던 좀비와 같다.

"뭐가 문제지?"

한쪽 팔과 다리를 제대로 움직이지 못하고 꼭 절름발이처럼 움직이고 있다.

화수는 인형의 심장에 마나코어를 하나 더 부착해 보았다.

끼기긱끼기긱.

이제 좀 사람처럼 움직이는 것 같다.

움직임에 힘을 받아 나무가 갈리는 소리가 아니라 나무에 거친 마찰이 일어나 삐거덕거리는 소리가 난다.

"역시 문제는 마나코어의 품질이었군."

지금 나무인형을 다루려면 마나코어를 반쪽으로 나누어야 하는데, 그렇게 되면 마치 좀비처럼 움직일 수밖에 없다.

"하는 수 없지."

마나코어를 조금 더 제련해서 재실험을 하는 수밖에 없을
듯하다.

*　　　*　　　*

점심시간. 화수와 지수가 함께 사랑의 도시락을 먹고 있
다.

도시락을 절반쯤 먹었을 때다.

지수가 깜빡 잊었다는 듯이 입을 연다.

"아참, 이거."

그녀가 내민 것은 명함이었다.

"이게 뭔데?"

"아까 부업거리를 받아오는 길에 어떤 아저씨가 주더라고.
너에게 꼭 전해달라면서 말이야."

명함에는 '공학박사 공형진'이라고 적혀 있다.

화수는 고개를 갸웃거렸다.

"공학박사가 나에게 왜 명함을……?"

"그거야 나도 모르지. 아무튼 조만간 너를 찾아올 거라고
했어."

그는 도무지 이 상황이 이해가 가지 않는다.

도대체 공학박사가 뭐가 아쉬워서 화수에게 명함을 건넸
을까?

"혹시 어디서 본 사람인데 네가 기억하지 못하는 건 아닐까?"

고개를 가로젓는 화수다.

"그럴 리가 있나? 고철쟁이와 공학박사는 만날 이유가 없는 사람들인데?"

"으음, 그럼 이 아저씬 누구지?"

"잘못 찾아온 모양이지."

화수는 명함을 버리려다 그냥 전화번호부 사이에 끼워 넣었다.

*   *   *

한국과학기술연구원의 구내식당. 공형진과 그의 후배 변여진이 마주 앉아 있다.

공형진은 며칠 전에 자신이 만난 사내에 대해 얘기했다.

"아무래도 내가 천재를 만난 것 같아."

"천재요?"

"잘 들어봐."

그는 자신이 본 것이 어떤 물건이며 어떤 기능을 가지고 있는지 자세히 설명했다.

그러자 그녀는 실소를 흘린다.

"에이, 그건 선배가 뭘 잘못 본 것이겠죠. 그런 것이 어떻게 가능해요?"

지금 공형진이 말한 것을 실현하자면 상당히 복잡한 기술이 필요하다.

음파 센싱 기술, 로봇 제어 알고리즘, 로봇 구동 메커니즘 등을 하나로 집약해야 가능한 일이다.

하지만 공형진은 고개를 끄덕였다.

"가능해. 내가 직접 보았어. 그것도 지금 나온 오토컨트롤러와는 비교도 할 수 없을 정도로 부드러워. 그 청년은… 천재야."

변여진은 고개를 가로젓는다.

"그건 선배가 뭔가를 잘못 본 탓일 거예요. 그런 천재가 뭐가 아쉽다고 고물상에서 썩고 있겠어요?"

"…내 가장 큰 의문점이 바로 그거야. 다른 것은 다 좋은데 그런 머리를 가지고 왜 고물상에 처박혀 있냐는 것이지."

그녀는 정신 차리라는 듯 그의 어깨를 툭툭 친다.

"아무튼 밥이나 먹자고요. 요즘 선배가 스트레스 때문에 제정신이 아닌가 봐요."

"쩝, 너까지 나를 미친놈 취급할 거냐?"

"후후, 다른 사람에게도 얘기했나 봐요?"

"어제 미국에서 온 마이클에게 이것이 말이 되느냐고 물어봤지."

"대답은요?"

"당연히 미쳤다고 하지."

"그래요. 그게 일반적인 반응이라고요. 그러니까 더 이상 그 청년에 대해선 신경 쓰지 마세요."

"…그래."

공형진은 지금 밥을 먹고 있어도 먹는 것이 아니었다.

*　　　*　　　*

이른 새벽, 이제 슬슬 동이 트려는 참이다.

시계는 4시를 가리키고 있었지만 화수는 이미 작업복으로 갈아입은 상태였다.

그런데 오늘은 화수의 벨트에 네모난 수납함이 달려 있다.

이곳에는 며칠 전에 제련시켜 두었던 마나코어의 반쪽이 들어 있다.

이제 이것을 가지고 나무 인형을 조종할 수 있을 것이다.

지수는 아침부터 거리로 나서는 그를 걱정스레 바라보았다.

"매일같이 고물을 주우러 다니다가 쓰러지는 것 아니야?"

그는 고개를 가로저었다.

"그럴 리가 있나? 누나도 했는데 내가 못하겠어?"

"하지만……."

화수는 슬쩍 미소를 지었다.

"괜찮아. 이젠 다 나아서 산비탈도 걱정 없다니까."

"그래도……."

"나만 딱 믿어. 난 가장이잖아."

그제야 지수가 작게 고개를 끄덕인다.

"…알겠어."

화수는 지수의 손을 잡았다.

"조금만 더 고생하자. 이제 조금만 있으면 살림살이가 나아질 거야."

그녀 역시 슬그머니 미소를 짓는다.

"그래, 우리 화수가 이 누나를 호강시켜 줄 날이 꼭 오겠지."

"그때까지 조금만 참고 기다려. 내가 누나를 세상에서 가장 행복한 사람으로 만들어줄게."

"고마워, 화수야."

남매는 오늘도 희망의 끈을 놓지 않는다.

"이만 나가볼게."

그녀는 아픈 몸을 이끌고 그를 배웅했다.

"잘 다녀와. 조심해서 다니고."

"그래, 알겠어."

마당으로 나서니 화수와 비슷한 행색의 나무 인형이 보인다.

"……."

언뜻 보면 사람처럼 생겼지만, 자세히 뜯어보면 그것이 아니라는 사실을 알 수 있다.

얼마 전에 만든 대형 나무 인형이다.

아무리 정교하게 만들어도 나무 인형이 완벽하게 사람처럼 보일 수는 없다.

그렇기 때문에 화수는 새벽 4시부터 집을 나서려는 것이다.

그나마 주변이 어두우면 이게 나무 인형인지 사람인지 구분하기가 쉽지 않기 때문이다.

다만 제약이 있다면 최대한 빨리 움직여 완전히 동이 트기 전까지 돌아와야 한다는 것이다.

사람처럼 생긴 놈을 바라보며 그녀가 고개를 갸웃거린다.

"누구……?"

화수는 이 녀석의 정체에 대해선 대충 둘러대기로 했다.

"으음, 그러니까… 어제 거리에서 만난 아저씨."

"아저씨?"

"이름은 나도 몰라. 하여간 오늘부터 함께 고물을 줍기로 했어."

나무 인형은 삐걱거리는 몸으로 고개를 숙인다.

끼기기긱…….

움직일 때마다 요상한 소리가 나긴 했지만 그녀는 그다지 개의치 않는 것 같았다.

"우리 화수 좀 잘 부탁해요. 아직 몸이 좋지 않아서……."

인형이 사람과 대화를 하려면 고도의 마도학적 기술이 필요하다.

지금은 조약한 마나코어로 간신히 몸만 움직이는 나무 인형이 말을 할 수 있을 리가 없다.

"……."

그녀는 겸연쩍다는 듯이 웃는다.

"호호, 상당히 무뚝뚝한 분이시네요."

화수는 미처 이런 반응까진 생각하진 못한 듯 당혹스러운 표정을 짓는다.

"하, 하하, 이 아저씨가 원래 좀 말이 없어."

"그, 그래?"

나무 인형은 연신 고개만 숙였고, 그녀는 못내 뚱한 표정을 짓는다.

"그럼 잘 다녀와……."

"으, 응."

지수는 기분이 조금 상했는지 이내 돌아서 집으로 들어가 버린다.

화수는 대답이 없는 나무 인형을 나무랐다.

"짜식, 그렇게 융통성이 없어서야……."

여전히 녀석은 말이 없다.

　　　　　*　　　*　　　*

　화수가 기거하고 있는 판암동에서 대전역까진 도보로 약한 시간이 걸린다.

　하지만 이젠 리어카를 끌고 다니기 훨씬 수월해져서 40분이면 족히 도착할 듯싶다.

　나무 인형 역시 바퀴가 달린 보조 수레를 달아서 조금 수월하게 달릴 수 있었다.

　끼릭끼릭…….

　아직 기름칠이 덜 된 리어카를 이끌고 도착한 대전역 인근에는 벌써부터 넝마주이들이 슬금슬금 돌아다니고 있다.

　'역시 치열한 경쟁 사회군.'

　요즘 들어 화수가 일찍 나와 고물을 줍는다는 것을 그들 역시 간파한 모양이다.

　화수는 나무 인형을 반대편 길로 보냈다.

　"너는 반대편 도보에서 고물을 주우며 나를 따르는 거다. 알아들어?"

　나무 인형이 알았다는 뜻으로 고개를 위아래로 흔든다.

　화수는 리어카를 끌고 다니면서 폐지와 빈병, 그리고 재활용품을 골라냈다.

　반대편에선 나무 인형이 화수가 하는 행동을 보고 그대로 따라 한다.

마나코어를 반쪽으로 나누긴 했지만 코어의 품질이 올라가 어느 정도 학습능력을 갖게 된 것이다.

나무 인형을 데리고 동이 트기 직전까지 고물을 수집한 화수는 집으로 돌아오는 길에 잠시 멈추어 중간 집계를 해보았다.

"딱 1/3이 모자라는군."

그나마 나무 인형이 고물을 함께 주워서 망정이지 그렇지 않았다면 오늘은 거의 공을 칠 뻔했다.

"너나 나나 먹고살기 힘들긴 매한가지인 모양이군."

화수는 시계를 보았다.

6시 10분.

이제 슬슬 동이 트려 한다.

"어쩔 수 없지."

화수는 나무 인형과 함께 다시 판암동 고물상으로 향했다.

* * *

점심시간, 지수가 사랑의 도시락을 받아서 화수에게 건넨다.

"자, 먹어."

화수는 도시락을 건네는 지수의 손가락을 가만히 바라보았다.

"왜?"

"…그냥."

희고 고왔을 지수의 손에는 어느새 군은살과 기름때가 자리 잡고 있다.

원래 지수는 태어나자마자 동네에서 미스코리아 감이 났다고 사람들이 호들갑을 떨 정도로 예뻤다.

고등학교를 다닐 때에도 뭇 남학생들이 그녀 때문에 고물상이 문전성시를 이루었다.

만약 그때 그녀가 희귀병에 걸리지만 않았어도 지수는 미인대회에 나가서 화려한 삶을 살고 있을지도 모른다.

'내가 누나를 꼭 고쳐줄게.'

도시락을 받아 들고 감성에 젖은 표정의 화수를 바라보며 지수가 실소를 흘린다.

"왜? 밥 먹기가 싫어서 그런 이상야릇한 표정을 짓고 있는 거야?"

화수는 자신의 감정을 들키기 싫어서 괜히 투정을 부렸다.

"먹기 싫기는, 이거라도 안 먹으면 어떻게 일을 해?"

"쿡쿡, 그렇지? 그래야 효자지."

그는 올해가 지나기 전에 그녀를 꼭 고쳐서 다시 아름다운 아가씨로 되돌려 놓겠노라 다짐했다.

늦은 밤, 화수는 잠에 빠져든 지수를 바라보았다.

"쿠우울⋯⋯."

고물 수집 대신 시작한 여러 가지 부업을 하다 지쳐 잠이 든 것이다.

저 몸으로 자신을 먹여 살렸다고 일하는 걸 생각하면 가슴이 아파오는 화수다.

그는 현재 그녀의 몸 상태를 확인해 보기로 했다.

화수는 그녀의 심장 부근에 마나코어를 가져대 댔다.

스스스스스스!

그러자 그녀의 혈관을 타고 마나가 돌아다니기 시작한다.

마나코어를 인체에 부착하면 신경 체계를 스스로 구축하게 되지만, 그건 최소한 3서클 마법사가 마나코어를 단련시켰을 때의 얘기다.

지금은 마나코어를 장착시켜도 신경 체계를 구축할 수 없었다.

하지만 심장의 공명과 마나코어를 화수의 마법으로 연결시켜서 가상으로 신경 체계를 살펴볼 수는 있었다.

지수는 인체의 딱 절반에 해당하는 신경이 이상 현상을 보이면서 몸이 굳은 특이한 케이스였다.

의사들은 이 반신불수를 두고 현대 의학의 미스터리라고 했다.

그러니까 지수의 경우엔 현대 의학으로도 치료할 수 없는 아주 난감한 상황인 것이다.

마나가 혈관을 타고 돌아다니며 그녀의 신경 체계에 스며들어 파란 빛을 낸다.

우우우우웅……!

눈으로 보기에도 파란빛이 흘러 다니는 길이 정상적으로 보이지는 않았다.

"으음, 근육에는 이상이 없는데 신경 체계에 이상이 있었던 거구나. 그렇다면 신경 체계만 다시 잡으면 문제가 없다는 소리군."

만약 화수가 마나코어를 제대로 만들어낼 수만 있다면 그녀의 몸을 회복시키는 것쯤은 일도 아닐 것이다.

"그래, 아주 절망적이진 않군."

희미하지만 희망의 끈이 보이는 것 같았다.

만약 그가 틈나는 대로 수련해서 예전 능력의 1/10만 회복한다고 해도 그녀를 재활시킬 수 있는 마나코어쯤은 충분히 만들 수가 있었다.

그리고 그때까지 허수아비 같은 대체물로 완벽한 신경 체계를 만들어낸다면 지수는 평범한 사람으로 살아갈 수 있을 것이다.

목표를 이룰 때까지 인내심을 가지고 연구하고 정진하는 것만이 유일한 답이었다.

*　　　*　　　*

며칠 후, 장마가 지나가고 나니 태풍이 와서 말썽이다.

쏴아아아아아!

"제기랄, 많이도 쏟아지네."

마치 하늘에 구멍이라도 뚫린 듯이 쏟아지는 비를 맞으며 고물을 수거한다는 것은 보통 일이 아니다.

게다가 이렇게 비가 오는 날엔 폐지를 수거하기가 무척이나 까다로워진다.

종이의 특성상 물에 젖으면 그 형태가 뭉개지기 때문에 성하게 남아 있는 폐지를 찾아보기가 힘들다.

설사 멀쩡한 폐지를 찾았다고 해도 그것을 젖지 않게 운반하는 것도 결코 쉬운 일이 아니다.

여러모로 비가 오는 날의 넝마주이는 고욕 중의 고욕이었다.

앞도 제대로 보이지 않을 정도로 쏟아지는 비를 뚫고 고물을 수거하던 화수는 나무 인형 수레를 확인하기 위해 고개를 돌렸다.

하지만 화수의 주변 그 어디에도 나무 인형은 보이지 않았다.

"으음? 엥?"

분명 녀석은 화수의 반대편에서 성실하게 고물을 주워 담고 있어야 한다.

하지만 나무 인형은 없고 절반쯤 찬 수레만이 덩그러니 놓여 있을 뿐이다.

"제기랄!"

작은 마나코어이긴 하지만 화수가 갖은 고생을 다 해서 만든 작품이다.

비록 실험을 위해 만든 마나코어라곤 해도 지금 그에겐 상당히 소중했다.

게다가 나무 인형 없이 두 대의 수레를 다 끌고 이 폭우를 뚫고 집까지 간다는 것은 거의 불가능했다.

수레를 큰길가에 묶어두고 나무 인형을 찾기 위해 골목을 뒤지던 그는 어디선가 싸우는 소리가 들려 발길을 옮긴다.

"이봐! 사람 말이 말 같지 않아?!"

싸움의 현장을 목격한 화수는 눈이 동그래졌다.

한 넝마주이가 나무 인형의 멱살을 쥐고 이리저리 흔들고 있는 것이다.

나무 인형은 상대방에게 멱살을 잡힌 상태로 무언가를 꼭 끌어안고 있었는데, 화수가 주워 담으라고 시킨 고철이다.

그제야 화수는 모든 상황을 이해할 수 있었다.

나무 인형은 화수가 시키는 대로 고철을 열심히 수레에 담았고, 하필이면 남의 수거 현장까지 침범한 것이다.

"아무리 이 바닥에 위아래가 없다고는 해도 이건 아니지! 어떻게 사람이 뻔히 작업하고 있는데 떡하니 고철을 업어가?!"

"……."

고래고래 소리를 질러봤자 나무로 만든 인형이 대답을 할 리가 만무하다.

하지만 그 사실을 알 리 없는 사내는 한 대 쥐어박으려는 듯이 주먹을 든다.

"그런데 이 새끼가?!"

끝까지 말이 없는 나무 인형. 결국 그는 나무 인형의 얼굴에 주먹을 날린다.

퍼억!

바로 그때였다.

빠각!

나무 인형의 머리가 부러지면서 고개가 뒤로 꺾이는 사태가 벌어지고 말았다.

'아뿔싸!'

이 세상에 고개가 뒤로 꺾이고도 살아남을 수 있는 사람은 없다.

하지만 엄연히 따지자면 무생물이기도 한 나무 인형이기에 머리가 꺾여도 계속 움직인다.

사그락사그락…….

사내는 기겁해서 그 자리에 엉덩방아를 찧으며 넘어졌다.

"히이이익!"

장마가 져서 주변은 어두웠고 머리가 뒤로 꺾인 사람은 멀쩡하게 고물을 주워 나르고 있다.

　아무리 담이 좋은 사람이라도 충분히 놀랄 만한 상황이다.

　심지어 사내의 수레에 있는 고물까지 죄다 퍼 나르는 나무 인형을 보고도 그는 아무런 행동도 하지 못했다.

　고개가 꺾여서 등판에 대롱대롱 매달려 있는 상황에 제정신을 차릴 사람은 아마 별로 없을 것이다.

　"귀, 귀신이다! 으아아아!"

　사내는 결국 삼십육계 줄행랑을 쳤고, 나무 인형은 그에 아랑곳하지 않은 채 계속해서 고물을 주워 나르고 있다.

　화수는 그 모습을 바라보며 고개를 저었다.

　"큰일이군."

　아무래도 앞으로 나무 인형으로 고물을 수집하는 일은 그만두어야 할 듯싶다.

＊　　　＊　　　＊

　이틀 후, 강도 사건 현장(?)에 경찰이 출동했다.

　"저, 정말이에요! 이곳에 귀신이 있었다니까요?! 제 고물까지 몽땅 다 털렸어요!"

　경찰은 가양동에서 폐지 수집으로 살아가는 강병선 씨의 증언에 벌써 이틀째 골머리를 앓고 있었다.

　"저기요, 선생님. 그러니까……."

"이곳에서 귀신이 나타났다고요!"

소제동 지구대에서 근무하는 이경석 경장은 괴로운 듯 이마를 짚는다.

"…귀신이 선생님의 고물을 강탈해 갔다, 뭐 그런 말입니까?"

"네, 맞아요! 머리가 뒤로 꺾여서 등판에 시계추처럼 매달려 있었다니까요!"

강도가 출현했다는 신고를 받고 출동했더니 귀신이 자신의 고물을 털어갔다고 주장한다.

경찰의 입장에서는 여간 짜증나는 일이 아닐 수 없었다.

이경석 경장은 깊게 심호흡을 했다.

"후우……!"

산전수전 다 겪은 이경석 경장이기에 이 사태를 어떻게 헤쳐 나가야 할지 알 것도 같다.

"이보십시오, 선생님."

"예!"

"귀신이 선생님의 물건을 강탈해 갔다면 그에 대한 증거가 있을 겁니다. 그렇지요?"

"증거요?"

"사람이 강도를 당했다면 강도를 당했다는 증거가 있을 겁니다. 정황상 증거나 물질적 증거 말입니다. 그런데 사건 현장엔 아무것도 남아 있지 않아요."

순간, 강병선이 버럭 소리를 친다.

"어허! 이 양반을 좀 보게?! 지금 당신은 내가 거짓말이라도 한다는 거요?!"

잘못하면 경찰을 한 대 치게 생긴 그에게 이경석이 말했다.

"좋습니다. 그럼 그 강도의 인상착의에 대해 한번 자세히 말해보십시오."

"이, 인상착의?"

"강도를 당했으면 인상착의를 확인했을 것 아닙니까?"

골똘히 생각에 잠긴 강병선. 그는 이내 힘겹게 입을 열었다.

"…짚이요."

"네?"

"얼굴에 짚을 감고 있었어요. 머리카락도 짚단으로 되어 있어서……."

"마치 허수아비처럼 말입니까?"

강병선이 무릎을 친다.

"마, 맞아요! 대가리가 뒤로 꺾였는데도 움직였어요! 그건……."

"대가리가 꺾였다……. 그러니까, 허수아비 귀신에게 고물을 죄다 털린 것이다?"

"네, 맞아요!"

순간, 이경석 경장이 눈을 질끈 감는다.

"…그런데 이 사람이 정말 보자보자 하니까!"

"뭐, 뭐요?!"

"공무집행방해죄로 끌려가고 싶어요?! 어디서 사람을 불러다가 되지도 않는 헛소리를……!"

"허어! 이 양반이 사람을 미친놈 취급하네?!"

"좋습니다! 어디 내가 맞는지 선생님이 맞는지 경찰서로 가서 가려봅시다!"

"그, 그건……."

다짜고짜 수갑을 내민 이경석에게 억울하다는 표정을 짓는 강병선.

아마 진실은 이들이 모르는 저기 어딘가에 있을 것이다.

5장

가내수공업에 도전하다

    태풍이 몰고 온 장마전선이 며칠째 기승을 부리고 있다.

    쏴아아아아!

    화수와 지수는 처마 밑에 마주 앉아 인형 눈알을 붙이고 있
다.

    "이거야 원, 인형 눈알을 붙이는 것이 더 돈이 될 판이
니······."

    오전에 주워온 고물을 쌓아보니 평소의 절반도 안 되는 양
이다.

    비가 오는 바람에 고물을 바깥에 내다 놓는 양이 현저하게
줄어든 것이다.

수입의 대부분이 고철인 화수에게 있어 이것은 엄청난 타격으로 다가왔다.

그래서 그는 하루에 3만 원이라도 벌고자 인형 눈알 붙이기 부업을 하고 있는 것이다.

글루건으로 눈알이 달릴 부위에 실리콘을 쏘고 그 위에 눈알을 붙이는 작업이 이틀째 이어지다 보니 이젠 눈을 감고도 인형 눈알을 붙일 수 있을 것 같았다.

지금은 오후 다섯 시.

화수가 완성시킨 인형의 숫자만 해도 벌써 천 개가 넘는다.

그는 잠시 눈을 돌려 천장을 바라보았다.

5시 25분.

인형공장 사장은 다섯 시 반이 되면 인형을 수거하기 위해 대전 근방을 돌아다닌다.

그중에서도 가장 먼저 들르는 곳이 바로 화수네 집이다. 근방에서 작업량이 가장 많은 사람이 지수이기 때문이다.

딩동!

"오셨나 봐."

지수는 초인종 카메라에 잡힌 인형공장 사장을 보자마자 버선발로 달려나간다.

그녀가 고물상 대문을 열자 승합차를 탄 인형공장 사장이 모습을 드러낸다.

"병석에서 일어났다더니 정말인가 보네?"

인형공장 사장인 임휘연은 화수와는 약 25년 정도 알고 지낸 사이다.

그녀가 중학교를 다니던 시절에 화수가 태어났으니 동네 어른이라고 해도 이상할 것이 없는 사람이다.

화수는 그녀에게 꾸벅 고개를 숙였다.

"안녕하셨어요?"

"그래, 화수 너도 얼굴이 많이 좋아 보이는구나."

"칭찬으로 알겠습니다."

인사치레를 끝내고 난 후 화수는 그녀의 차에 인형을 실었다.

"총 삼천 개입니다. 돈은 일급으로 주시는 거 맞죠?"

오늘의 인형은 한 개에 30원씩으로 단가가 형성된 물건이다.

"많이도 붙였구나. 자, 여기 9만 원."

인형의 마무리 작업이라고 할 수 있는 눈알 붙이기는 100% 수작업으로 이뤄지기 때문에 단순노동치곤 돈을 꽤 많이 받는 편이다.

"감사합니다."

"더 주고 싶은데 나도 나름 사정이 있어서 말이야."

화수는 고개를 가로저었다.

"사람이 일한 만큼 받는 것이 당연하지요."

"후후, 그래. 화수는 언제나 의젓해서 좋아."

"별말씀을요."

이윽고 그녀가 승합차에서 인형과 눈알을 꺼내어 방 안에 내려놓는다.

"말한 내일 분량이야. 모레까지 맞춰줄 수 있지?"

"물론이죠."

방 안에 가득 찬 인형의 숫자는 적게 잡아도 삼천 개. 이것을 다 끝내면 9만 원이라는 돈이 생긴다.

꿩 대신 닭이라고 했던가?

어쩔 수 없이 당분간 인형 눈알을 붙여야 할 듯하다.

*   *   *

마나코어를 단련하고 그 성능을 시험하는 데 가장 좋은 것은 복잡한 구조의 물체에 부착해 보는 것이다.

화수는 오늘 아침에 주워온 고철과 비철을 가지고 뒷마당으로 향했다.

지수가 그런 화수를 바라보며 고개를 갸웃거린다.

"그걸로 뭘 어쩌게?"

화수는 그녀가 이해할 수 있도록 대충 둘러댔다.

"이걸로 못 쓰는 가전제품을 고쳐서 팔려고. 오늘 모아온 것들을 재료로 쓰면 괜찮을 것 같아서."

지수는 대수롭지 않은 일인 듯 화수를 두고 방 안으로 들어간다.

"적당히 하고 들어와서 밥 먹어. 이제 곧 사랑의 도시락이 도착할 시간이거든."

"알겠어."

뒤뜰에 도착한 화수는 서적을 통해 익힌 지식을 기반으로 설계도를 그려 나갔다.

아마도 나무와 철은 그 성분도 다르고 작용하는 힘도 더 많이 들어가 조금 더 복잡한 설계가 필요했다.

나흘 전부터 설계도를 그리고 고치기를 반복한 화수는 오늘에서야 설계도를 완성했다.

"흐음, 이 정도면 되려나?"

이번 실험이 성공할지 실패할지는 실험을 해봐야 알 수 있다.

화수는 가장 첫 번째로 인간의 뼈대 역할을 할 강철 뼈대를 만들기로 했다.

고철 인형에 들어갈 뼈대는 가전제품이나 자동차에 들어가는 강철을 짜깁기해서 용접하기로 했다.

치지지직!

가장 중요한 몸통은 최대한 가벼우면서도 튼튼하게 만들었다.

일반적인 기계라면 관절을 움직이는 회로와 주변 설비가 필요하겠지만 마도학으로 만든 고철 인형은 다르다.

고철 인형은 그저 마나코어와 연동될 수 있는 마나 신경만 있으면 모든 것이 해결된다.

화수는 강철로 만든 뼈대에 연골 역할을 해줄 실리콘에 고무를 덧댔다.

실리콘은 철거 주택에서 얻은 실리콘을 재생한 것으로 물렁뼈로 쓰기엔 아주 제격이었다.

뼈대와 관절까지 만들고 나면 신체를 움직여 줄 근육을 만들 차례다.

근육은 신체를 움직이는 중요한 기관이니만큼 상당히 질기고 유연한 재질로 만들어야 했다.

화수는 이삿짐이나 화물차의 수하물을 실을 때 사용하는 고무 밧줄을 인대와 근육으로 사용하기로 했다.

육중한 5톤 트럭이 수하물을 싣고 시속 100㎞로 내달려도 끄떡없을 정도로 고무 로프는 질기고도 유연한 탄성을 가지고 있다.

그 이유는 바로 고무 안에 섬유와 얇은 철심이 들어 있기 때문이다.

만약 주변에서 인간의 근육과 가장 비슷한 물건을 찾으라면 바로 이 고무 로프일 것이다.

화수는 고무 로프가 연결된 고철 인형의 관절을 천천히 움직여 보았다.

끼릭끼릭……

생각보다 더 유연하고 탄력 있게 움직이는 것 같다.

"이 정도면 충분하겠어."

이제 그는 고철 인형 뼈대에 구리 선을 차례대로 감기 시작했다.

구리 선은 마나코어와 연동하여 무기체인 고철 인형을 유기적으로 만들어줄 것이다.

하지만 문제는 지금부터였다.

나무와 짚단으로 만든 나무 인형도 간신히 움직이던 마나코어로 이렇게 무겁고 복잡한 인형을 움직이란 불가능하기 때문이다.

"이건 시간이 조금 더 필요하겠군."

화수는 손목에 채워진 시계를 보았다.

이제 곧 사랑의 도시락이 올 시간이다.

그는 고철 인형의 뼈대를 못 쓰는 장롱 안에 조심스럽게 구겨 넣곤 방으로 향했다.

*   *   *

벌써 삼 일째 비가 내리고 있다.

솨아아아아아아!

비가 내린다고 고물상을 운영하는 화수에게 꼭 나쁜 것만은 아니다.

밖에서 할 수 있는 일이 있고 안에서 할 수 있는 일이 있기 때문이다.

인형 눈알을 붙이는 내내 화수는 책을 펼쳐놓고 있었다.

지수는 의학 서적을 탐독하고 있는 화수를 바라보며 고개를 갸웃거렸다.

"웬 책? 그것도 상당히 어려운 책 같은데."

화수는 의예과에서 보는 전공 서적을 읽고 있었는데, 사람의 신경 체계에 대한 것이다.

"심심한 것보다는 책이라도 읽는 것이 나을 것 같아서 말이야. 기계 고칠 때도 조금 도움도 되고."

"에이, 거의 다 영어로 되어 있는데?"

그는 하루에 5분씩 책을 읽고 밤에는 수면 명상을 이용해 영어 테이프를 들었다.

마법사들은 인간의 뇌가 휴식을 취하는 밤을 이용해 수면 중 '각인' 이라는 기법을 만들어냈다.

수면 중 각인은 휴식을 취하는 뇌에 지속적으로 지식을 공급하는 일인데, 잠에 빠져 있는 뇌에게 지속적으로 책의 내용을 낭독해 주면 무의식중에 그 지식이 발동되어 사용할 수 있게 된다.

그래서 루야나드 대륙에선 초보 마법사들이 하루씩 번갈아가며 서적을 낭독해 주는 비공식적인 제도가 있다.

지금은 카세트나 CD플레이어 같은 것들이 있으니 그럴 필요가 없다.

화수는 공사판에서 주운 CD플레이어로 매일 밤 영어를 머릿속에 각인시키고 있었던 것이다.

"어렵진 않아?"

"내용은 나도 잘 모르겠는데 그냥 그림 보는 거야."

그녀는 이해할 수 없다는 듯이 고개를 가로젓는다.

"아무튼 어려서부터 참 특이한 애라니까."

"개성이라고 해줘."

이윽고 화수는 의학 서적을 덮고 기계공학 서적을 펼쳤다.

의학 서적은 벌써 정독해서 더 이상 복습할 필요가 없었던 것이다.

도서관에 있는 서적은 이미 한 번씩 읽고 외웠기 때문에 매일 새로운 책을 읽어주어야 한다.

기계공학에 대한 서적은 화수가 알지 못한 분야에 대한 지식들로 넘쳐났다.

해부학을 접목시키면 고관절 인형을 만들 수 있을 줄 알았더니 그게 아니었다.

고관절 인형에 대한 설계는 처음부터 다시 해야 할 것 같았다.

뼈대는 다 만들어두었지만 이대로라면 팔을 제대로 움직일 수 없기 때문이다.

'그래, 어차피 쉬는 것이라면 이렇게라도 수련을 쌓자.'

화수는 인형 눈알을 다 붙인 후 뒤뜰로 향했다.

                    *   *   *

태풍이 몰고 온 장마전선은 억수같이 비를 쏟아내고 있다.

그런 장맛비를 뚫고 세라는 화수의 집으로 향하고 있는 중
이다.

그녀의 손에는 찬합이 들려 있다.

"기뻐했으면 좋겠는데."

십자수와 함께 요리에 취미를 붙인 그녀는 하루에도 몇 가
지씩 실습으로 요리를 만들었다.

대부분은 학원에서 나누어 먹거나 가족들에게 주지만, 오
늘은 특별히 화수에게 주고 싶어 찬합에 싼 것이다.

오늘 그녀가 만든 음식은 갈비찜과 잡채, 탕수육이다.

먹는 것이라면 어려서부터 가리는 것 없이 먹는 화수라서
가져다주면 상당히 기뻐할 것 같았다.

"오늘은 소주 한잔하자고 하려나?"

화수네 집이 어려워지면서 사이가 멀어진 두 사람은 제대
로 소주 한잔 해본 적이 없다.

그녀는 오늘이야말로 술을 한잔할 수 있을까 싶어 기분이
좋아졌다.

비를 뚫고 화수네 집 앞에 도달한 그녀가 대문을 두드리려

는 바로 그때였다.

"누구지?"

우비를 뒤집어쓴 사내가 화수네 집 담장을 힐끔힐끔 쳐다보고 있는 것이 아닌가?

세라는 고개를 갸웃거리며 물었다.

"누구세요?"

순간, 그는 화들짝 놀라 산비탈을 뛰어 올라가기 시작했다.

"허, 헉!"

굳이 괴한을 쫓아가기엔 너무 위험하다 판단한 그녀는 재빨리 화수네 집으로 들어갔다.

"화수야!"

이윽고 뒷마당에 있던 화수가 모습을 드러낸다.

"으음? 세라 왔네?"

"응. 나 왔어."

"하늘이 미쳤나 보다. 왜 이렇게 비가 많이 온대?"

"그러게 말이야."

"일단 이쪽으로 와. 비 맞겠다."

그녀는 화수네 처마 밑으로 몸을 피한 후 괴한에 대해 얘기했다.

"방금 전에 너희 집 앞에 웬 남자가 서 있더라."

"남자가? 뭐하는 사람인데?"

"그거야 나도 모르지. 그런데 내가 부르자마자 산비탈을 막 뛰어 올라가는 거 있지?"

화수는 양쪽 미간을 사납게 찌푸렸다.

"…미친놈이네."

"맞아. 미친놈 같았어."

그는 걱정스러운 말투로 말했다.

"그런 놈이 있으면 일단 집으로 들어와서 얘기하지 뭐 하러 불러? 봉변당하면 어쩌려고."

"별일이야 있겠어? 너희 집 앞인데."

"하여간 여자애가 겁도 없어. 다음부턴 그러지 마."

담이 좀 큰 세라라서 가끔 무모한 짓을 하곤 했다.

이유는 알 수 없지만 그녀는 화수만 곁에 있으면 쓸데없이 무모해지는 경향이 있었다.

그때마다 화수는 걱정스럽게 그녀를 나무랐다.

"알겠어. 다음부턴 안 그럴게."

슬그머니 미소를 지은 그녀가 화수에게 찬합을 건넨다.

"받아."

"이게 뭐야?"

"요리학원에서 만들었어. 맛 좀 봐달라고."

찬합을 연 화수는 감탄사를 연발했다.

"우와! 이게 다 뭐야?!"

"다른 사람 주기 아까워서 가지고 왔어. 나 잘했지?"

화수는 기쁨에 겨워 고개를 끄덕였다.

"오오! 역시 세라 너밖에 없어!"

생각보다 더 기뻐하는 그의 모습을 바라보니 덩달아 마음이 뿌듯해지는 세라다.

하지만 이내 그는 찬합을 지수에게 건네고 우산을 찾는다.

"고맙다. 잘 먹을게."

"그래."

"가자. 내가 데려다 줄게."

"여기까지 왔는데 그냥 가라고?"

화수는 고개를 갸웃거렸다.

"응? 어머님께서 걱정하실 텐데 어서 가야지."

그제야 그녀는 둘 사이가 중학교 때에 멈추어 있다는 사실을 깨달았다.

그는 아직도 세라를 중학생쯤으로 생각하고 있는 것이다.

'우리 이제 성인이란 말이야, 이 답답아.'

오랜만에 친구와 술 한잔하려던 그녀는 이내 포기하고 돌아섰다.

오늘만 날이 아니라는 생각이 들었기 때문이다.

"그래, 네가 데려다 줘."

"가자."

두 사람은 화수의 집에서 나와 세라의 집으로 향했다.

*   *   *

고관절 인형 제작의 첫걸음은 사람과 가장 비슷한 질감의 손을 만드는 것이었다.

비록 다리와 척추를 만들 수는 없었지만, 화수는 무려 이 주일 만에 사람의 손과 비슷한 구조를 가진 고철 인형을 만들어냈다.

다리와 척추는 없지만 손으로 하는 작업은 사람과 비슷한 수준으로 끝낼 정도의 정교함을 가지고 있다.

화수는 녀석이 얼마나 정교한지 알아보기 위해 연필을 쥐어주었다.

그리고 영어로 된 서적을 건넸다.

"이것과 똑같이 써봐."

아직 영어 필사에 대한 것은 가르치지 않아 고철 인형이 과연 이것을 제대로 수행할지는 의문이다.

슥슥슥…….

천천히 공책에 영어를 적어 내려가던 고철 인형이 이내 한 문장을 완성해 화수에게 건넨다.

끼이이익…….

책을 출판할 때 사용하는 바탕체가 그대로 녹아 있는 문장이 완성되어 있다.

"좋아, 좋아!"

쾌거다.

말을 듣지 않다 못해 도망치며 자신을 조롱하던 나무 인형에 비하면 장족의 발전이다.

이번에 화수는 인형의 눈알을 붙이도록 교육시켰다.

"인형을 잡고 글루건을 쏘는 거다. 이렇게……."

화수는 곰 인형의 눈알이 들어갈 자리에 실리콘을 녹여낸 후 눈알을 붙였다.

마나코어를 각자 나누어 가진 사이라 같은 행동을 그대로 따라 할 테지만, 과연 인형의 눈알을 붙일 수 있을지는 모른다.

끼이이익…….

투박하게 생긴 손에 쥔 글루건으로 인형의 머리에 실리콘을 주입한 고철 인형은 정확히 그 자리에 눈알을 붙인다.

그런데 그 각도와 깊이가 완벽히 적정선을 지키고 있어서 오히려 사람보다 나은 듯했다.

이 정도면 납품을 해도 전혀 손색이 없을 정도이다.

화수는 무릎을 쳤다.

따악!

"하하! 성공이구나!"

실패는 성공의 어머니라고 했던가?

한 단계 성장한 화수는 기쁨의 환호성을 내질렀다.

*　　　*　　　*

다음 날 아침, 화수는 비례동으로 향했다.

비례동에는 인형을 전문적으로 하는 도매상가가 위치해 있는데, 이곳에서는 눈알 붙이기와 같은 부업거리를 많이 구할 수 있었다.

그래서 부업거리를 주는 파견 대행업체도 이곳에 위치해 있다.

파견 대행업체의 문을 열고 들어선 화수는 사장에게 꾸벅 고개를 숙였다.

"누구……?"

"어제 전화드린 사람입니다."

그제야 그는 고개를 끄덕인다.

"아, 그 세 명이서 함께 일하겠다던 그 청년이요?"

"맞습니다."

그는 화수에게 신분증과 핸드폰을 요구했다.

"길게 말할 것도 없죠. 어차피 급여와 근무 조건은 어제 다 협의했으니까요. 그렇죠?"

"네, 맞습니다."

"그럼 이곳에 서명하고 신분증과 핸드폰을 주세요."

화수는 주머니에서 신분증과 폴더형 핸드폰을 꺼내어 그에게 건넸다.

사장은 신분증을 복사하고 화수의 핸드폰에 전화를 걸었다.

따르르르릉!

"맞네요. 그냥 신분 확인 절차니까 기분 나빠도 그러려니 해요. 알겠죠?"

"아닙니다. 당연한 일이지요."

"그래요. 그렇게 이해해 주니까 나도 마음이 가볍네요."

그는 얘기가 끝나자마자 창고에서 인형이 가득 든 봉지를 꺼내어 화수에게 건넸다.

"잠시만 기다려요. 내가 차로 실어다 줄게요."

하지만 화수는 고개를 가로저었다.

"아닙니다. 제가 들고 가겠습니다."

"네?! 총 삼천 개예요. 양이 꽤나 많은데 모두 다 들고 갈 수 있겠어요?"

화수는 흔쾌히 고개를 끄덕였다.

"물론입니다."

그는 수레 가득 인형을 싣고 그 옆으로 인형이 든 봉지를 주렁주렁 매달았다.

그리고 가슴과 등, 어깨에 봉지를 매달아서 중심을 잡았다.

"이렇게 하면 충분히 가지고 갈 수 있습니다."

"하, 하지만 비례동에서 판암동은 엄청 먼 거리인데?"

"괜찮습니다. 젊다는 게 한밑천 아닙니까?"

"그래도 그렇지……."

지금 인형을 집에서 받는다면 이 엄청난 작업량을 어떻게 해결할 것인지 해명할 길이 없다.

무리라는 것은 화수 본인이 가장 잘 알고 있지만 이렇게 인형을 몰래 받아서 작업하는 것이 최선의 방책이다.

"그럼 저는 가보겠습니다."

"이, 이봐요!"

"나오지 마십시오!"

화수는 찌는 듯한 더위를 뚫고 다시 판암동으로 향했다.

＊　　　＊　　　＊

평소 그가 고물을 쌓아 끌고 대전역과 판암동을 오가는 것과 인형 뭉치를 잔뜩 싣고 비례동에서 판암동으로 가는 것은 차원이 달랐다.

오르막길이 무려 30분이나 이어지는 길이 있는가 하면 미처 중심을 잡기 힘든 내리막길이 줄을 지어 난감할 때가 한두 번이 아니었다.

하지만 화수는 무려 네 시간 동안 꼬박 수레를 이끌고 그먼 길을 묵묵히 걸어갔다.

아침에 출발한 화수는 사랑의 도시락이 도착할 즈음이 되어서야 집에 도착할 수 있었다.

"허억허억……!"

그는 약 10년 전에 창고로 쓰던 컨테이너 박스를 깔끔하게 정리하고 그 안에 작은 공방을 하나 만들었다.

약 3평 남짓한 공간이지만 이곳에 인형을 쌓아두면 충분히 작업을 할 수 있을 것이다

화수는 고철 인형을 컨테이너로 이동시켰다.

이번에는 글루건을 이용해서 붙이는 것이 아니라 이음새를 본드로 연결하는 작업이다.

보통 사람 같으면 이 밀폐된 공간에서 본드로 인형 눈알을 붙였다간 본드에 취해 환각작용이 일어날 수도 있다.

하지만 호흡기 자체가 없는 고철 인형이라 문제될 것이 전혀 없었다.

"눈알 홈에 본드를 바르고 꾹 눌러준다. 보여?"

고철 인형은 화수가 하는 대로 인형 눈알이 들어갈 자리에 정확히 본드를 묻혀 눈알을 고정시켰다.

작업의 능률이 사람보다 훨씬 나은 듯하다.

"좋아, 이대로라면 받아온 물량을 충분히 감당할 수 있겠어."

그제야 자리에서 일어선 화수는 사랑의 도시락을 먹기 위해 방으로 향했다.

* * *

사람의 팔과 비슷한 수준의 고철 인형을 만들었다고 수련

이 끝나는 것은 아니다.

화수는 끝도 없이 필요한 지식을 흡수하기 위해 다시 산을 올랐다.

"후우……!"

명상을 하면 단전에도 빠른 속도로 마나가 쌓이기 때문에 그의 마나홀은 나날이 넓어지고 있었다.

그는 다시 한 번 집중력을 향상시키기 위해 마나홀에 있는 서클을 발동시켰다.

두근!

바로 그때였다.

마나홀에 위치하고 있던 고리가 조금 더 두껍게 변했다.

'이것은……?'

서클이 만들어진다고 해서 그것에 완전체라는 소리는 아니다.

1서클에서 2서클로 넘어가기 위해선 1서클을 마스터해야 하는데, 그 증거는 고리의 두께로 나타난다.

이제 화수는 1서클 초입에서 마스터로 그 경지가 오른 것이다.

곧 2서클 초입에 오르는 날도 그리 멀지는 않았다는 소리다.

2서클에 오른다는 것은 그저 숫자의 차이가 아니다.

1서클과 2서클 마법사의 역량 차이는 약 세 배 정도로 보는 것이 정석이다.

그러니 1서클 마스터와 2서클 마스터가 맞붙으면 딱 세 배 정도의 차이가 나는 것이다.

그것은 아무리 뛰어난 실력의 1서클 마스터 셋이 일제히 달려들어도 상대가 될 수 없는 경지다.

화수는 이 두꺼워진 고리를 두 개로 늘리기 위해 다시 정진하기 시작했다.

*   *   *

인형 삼천 개의 눈알을 붙이는 것은 생각보다 오랜 시간이 걸리는 일이다.

하지만 24시간 동안 기계처럼 움직인다면 못할 것도 없다.

화수는 창고에 널브러져 있는 인형의 상태를 확인했다.

"으음, 좋군."

일정한 간격으로 붙여놓은 인형의 눈알은 사람이 붙인 것보다 훨씬 나은 정도였다.

지금 시각은 새벽 4시. 화수는 다시 고물을 줍기 위해 나섰다.

오늘은 어제보다 고물 양이 더 적은 것 같다.

"기동력이 생명인데 그게 잘 안 되는군."

그나마 인형의 눈알을 붙여서 받는 돈이 아니라면 오늘도 밥을 제대로 챙겨 먹을 수 없을 뻔했다.

작업을 마친 화수는 다시 판암동으로 향했다.

이곳에 고물을 내려놓고 인형들을 챙겨서 비례동으로 넘어가야 하기 때문이다.

"후후, 까마득하군."

자신의 앞에 펼쳐진 언덕배기를 바라보니 웃음밖에 안 나온다. 하지만 이렇게밖에 할 수 없는 현실임을 인정하지 않을 수가 없다.

그는 또다시 힘겹게 언덕을 오르고 또 올랐다.

언덕을 넘고 넘어 도착한 비례동은 인형 도매상인들로 인해 문전성시를 이루고 있었다.

화수는 9시가 되어서야 겨우 비례동에 도착했지만, 이미 도매상가는 한창 일하는 시간이었다.

그는 조금 번잡한 인파를 뚫고 파견 대행업체에 도착했다.

"…납기일을 맞췄습니다."

땀이 비 오듯 흐르는 화수를 바라보며 파견업체 사장 장현동은 안쓰러운 표정을 짓는다.

"올 때도 걸어온 건가요?"

"뭐, 그런 셈이지요. 일단 물건부터 받으시죠."

아무렇지도 않다는 듯이 인형을 건네는 화수에게 장현동이 명함을 한 장 건넨다.

"그렇게 사서 고생을 하지 말고 내가 물건을 건네는 것이 정 싫으면 허름한 트럭이라도 한 대 사는 것이 어때요?"

그가 건넨 명함에는 중고차 시장의 딜러의 이름이 적혀 있다.

화수는 고개를 가로저었다.

"아닙니다. 아직 자동차를 사기엔 시기상조입니다."

"하지만 그래도 그렇게 걸어 다녀선 이익이 줄어들 텐데요? 시간은 곧 돈인데, 화수 씨는 지금 시간을 낭비하고 있잖아요."

장현동의 말이 절대로 틀리지 않다.

"으음, 확실히 걸어 다니는 것은 능률 저하를 초래하지요."

"요즘은 신용불량자 할부도 된다니까 한 번쯤 찾아가보는 것이 어때요?"

운전면허는 종류별로 다 가지고 있는 화수다.

만약 1톤짜리 트럭이 생긴다면 충분히 몰고 다닐 수 있다.

"알겠습니다. 내일쯤 찾아가 보겠습니다. 일단 오늘은 수레에 물건을 실어서 가겠습니다."

"그래, 그렇게 해요."

장현동은 물건을 확인하자마자 현금 18만 원을 건넨다.

"수고했어요. 이 돈을 친구들에게 나누어 주고 내일도 잘 부탁한다고 전해주세요."

"예, 알겠습니다."

화수는 다시 인형 삼천 개를 싣고 판암동으로 향했다.

6장

생활의 발전

다음 날 화수는 중고차 시장을 찾았다.

번잡한 사람들 틈 사이로 중고차 딜러 이민혁이 모습을 드러낸다.

"연락 주신 고물상 사장님이시죠?"

"사장님까진 아니고… 하여간 고물상을 하고 있습니다."

"고물상을 운영하시면 그게 사장님이죠."

이민혁은 넉살좋게 화수의 말을 받아넘기고는 그를 시장 안쪽으로 안내했다.

"이쪽으로 오십시오."

빽빽하게 들어선 중고차들을 따라서 가장 구석으로 들어

가니 1톤 트럭이 몇 대 보인다.

딜러는 그중에서도 가장 연식이 좋은 차를 보여주었다.

"지금 보시는 이 차가 기아에서 나온 봉고3입니다. 봉고 시리즈 중에서도 가장 최근에 나온 녀석이지요. 수동 변속에 6단 미션입니다. 연비와 힘으로는 이 녀석을 따라갈 물건이 없습니다."

"가격은 어떻게 됩니까?"

"4륜구동 기준으로 1,100만 원에서 1,200만 원 사이로 가격이 형성되어 있지요. 이 녀석 같은 경우엔 1,100만 원대 중반은 보셔야 할 겁니다."

화수는 고개를 가로저었다.

"이렇게 비싼 차는 끌 생각도 없거니와 끌 수도 없습니다. 최대한 저렴한 녀석으로 보여주시지요."

"저렴한 차라……. 가격은 어느 정도 생각하십니까?"

"그냥 이곳에서 가장 싼 차를 보여주십시오."

딜러는 고개를 갸웃거린다.

"가장 싼 차라……. 아무리 그래도 실무에 사용하시려면 400~500만 원 선은 생각하셔야……."

자동차를 파는 사람이건 핸드폰을 파는 사람이건 비싼 물건, 이윤이 많이 남는 물건을 팔아야 한다.

아마 이민혁은 자신에게 마진이 가장 많이 남는 물건 쪽으로 유도하는 듯했다.

하지만 그에 넘어갈 화수가 아니다.

그는 이민혁의 말을 무시한 채 전시장 구석에서도 가장 후미진 곳으로 향했다.

"저기도 차가 있군요."

"예, 예? 그, 그건……."

전시장 구석에 처박혀 있는 자동차 한 대. 척 보기에도 폐차를 해야 마땅할 것처럼 보인다.

하지만 화수는 이 차가 상당히 마음에 들었다.

"이게 좋겠네요."

이민혁이 고개를 가로젓는다.

"이 차는 어지간해서는 팔 생각이 없는 차라고 생각하시면 됩니다. 그냥 차 값을 깎다가 덤으로 받아온 것이거든요. 그래서 정비도 제대로 안 되어 있습니다."

그는 자동차 앞 유리에 붙은 자동차 정보표를 뽑아서 화수에게 보여주었다.

[96년식 400,000㎞ 주행]

"보이시죠? 이런 차입니다."

이 정도면 거의 유물이라고 봐도 무방할 판이다.

"거의 폐차 직전입니다. 엔진에 시동이 걸리는 것은 확인했습니다만, 도저히 보닛을 열 엄두가 나지 않아서 정비조차 맡기지 못했습니다. 이것을 고쳐서 파는 것보다 차라리 폐차를 시키는 편이 낫다고 판단되었거든요."

화수는 이 차의 가격이 무척이나 궁금해졌다.

일단 차만 굴러가면 화수가 집으로 끌고 가서 직접 손을 보면 그만이기 때문이다.

"이건 얼마나 합니까?"

딜러는 고개를 가로젓는다.

"그게… 솔직히 이걸 어떻게 팔겠습니까? 가지고 가서봐야 폐차시킬 텐데요."

"괜찮습니다. 가격이나 말씀해 주시죠."

"하지만……."

"이 차가 아니면 구매할 생각이 없습니다. 가격이나 알아봐 주십시오."

그는 깊은 한숨을 내뱉는다.

"후우, 그럼 잠시만 기다려 주십시오."

어딘가로 전화를 걸어본 딜러가 이내 씁쓸하게 말을 내뱉는다.

"폐차비로 50만 원 정도 나온다니까 세금에 이전 비까지 합치면 70만 원 선이 되겠네요."

"조금 더 깎죠. 그럼 사겠습니다."

"예? 여기서 더 깎아요? 그건 좀……."

"이전비와 수수료를 조금 깎아주시면 될 것 아닙니까? 그 편이 이렇게 무의미하게 세워놓는 것보다는 나을 것 같은데요?"

순간, 딜러의 표정에 엄청난 갈등이 스친다.

"으음……."

"생각 잘하십시오. 만약 여기서 네고가 안 된다면 수출업자를 찾아갈 겁니다. 그곳에 가면 폐차 직전의 차가 즐비할 테니까요."

엄청난 고뇌를 거친 딜러가 드디어 입을 연다.

"60만 원까진……."

"딱 55만 원에 끊죠. 그럼 현금으로 살 수도 있습니다."

딜러는 고개를 푹 숙인다.

"후우! 좋습니다. 까짓것, 그렇게 하시죠. 대신 수리에 대한 것은 일절 문제 삼지 마십시오."

"물론이지요."

화수와 딜러는 계약서를 작성하기 위해 사무실로 올라갔다.

*   *   *

폐지와 고물을 팔아 남은 돈과 인형 눈알을 붙여 번 돈을 모아서 트럭에 투자한 화수는 보험까지 완벽하게 들었다.

연식이 워낙에 오래되었고 운전 경력이 생각보다 긴 화수였기에 보험료가 상당히 낮게 나와 가능했다.

하지만 문제는 자동차의 엔진이 이제 거의 폐기 처분 직전이라는 것이다.

화수는 자신이 알고 있는 지식에 마도학을 접목시키기로 했다.

방법은 이러하다.

자동차 엔진은 흡입, 폭발, 압축, 행정의 과정으로 움직이게 된다.

그러니까 엔진룸에 연료가 들어와서 클랭크를 움직이면 실린더가 수축하고 연료가 폭발하게 된다.

그리고 그 나머지 찌꺼기가 배출되면서 엔진의 작동 사이클은 마무리가 되며, 그 사이클이 반복되면서 자동차가 나가는 것이다.

이 과정에서 엔진 내부의 부품들이 부식되거나 마모되면서 엔진의 노화가 시작된다.

화수는 그렇게 생긴 엔진의 노화를 마도학으로 재정비하려는 심산이다.

일단 그는 자동차 엔진을 모두 분해해서 어떤 부분이 이상이 있는지 확인해 보기로 했다.

엔진룸을 거의 통째로 드러낸 화수는 탄식을 내뱉었다.

"이야, 고물도 이런 고물이 없군."

연료 찌꺼기가 쌓여서 딱딱하게 굳어버려 엔진룸 내부는 원래의 형체를 알아볼 수 없을 정도였다.

어찌나 찌꺼기가 딱딱하게 굳었는지 렌치가 들어가지 않

을 지경이다.

하지만 화수는 포기하지 않고 차근차근 엔진을 분해해서 딱딱하게 굳어버린 찌꺼기를 모두 떼어냈다.

팅팅팅!

그리고 딱딱한 부분이 제거된 부품은 금속세정제가 담긴 통에 넣었다.

금속세정제는 녹이 슨 부분이나 연료 찌꺼기가 묻은 부분을 깔끔하게 세척해 주는 역할을 한다.

약 네 시간 후, 화수는 엔진룸 내부의 부품 중에 마모되어 못 쓰는 것들을 가려냈다.

인터넷에서 구한 정품의 사진과 파손된 부품들을 대조해 본 화수는 실소를 흘렸다.

"이건 뭐 완전 깡통이나 다름없잖아?"

하지만 여기서 포기할 화수가 아니다.

그는 유프란츠 대륙에서 병장기와 공성장비 등을 수리할 때 사용하던 마력용광로를 사용하기로 했다.

마력용광로는 부식되거나 마모된 금속을 원형 그대로 되돌리는 복구 기계다.

하지만 워낙에 많은 마력이 소모되기 때문에 어지간한 대량 수선이 아니면 마력용광로를 사용하지 않을 정도였다.

그러나 화수는 마도학자 최초로 마나코어라는 혁신적인 기술을 완성한 천재다.

그는 마력의 소모를 대신할 매개체로 마나코어를 사용할 생각이다.

화수는 반으로 자른 드럼통에 고철 인형에 붙여두었던 마나코어를 떼어내 원통과 함께 바닥에 장착시켰다.

그리고 통에 매달린 마나코어에 지속적으로 전류를 흘려보내 드럼통이 마나로 가득 차도록 만들었다.

그렇게 약 5분쯤 흐르자 푸른색을 띠던 마나의 색깔이 불그스름하게 변해간다.

화수는 그 안에 마모된 부품을 차례대로 집어넣었다.

그러자 붉은색 스파크가 튀면서 마모된 부품이 재생하기 시작했다.

마모된 부품이 재생되는 원리는 이러했다.

이 세상의 그 어떤 철기라도 마지막 모양을 잡기 위한 마무리 과정이 필요하다.

그때 생긴 홈이나 모가 남긴 흔적은 일정한 마이너스 에너지를 생성해 내는데, 마나는 그 마이너스 에너지가 남긴 흔적에 반응하여 원형 그대로의 모습을 복원하는 것이다.

그러니 엄연히 따지면 철에 붙은 부분이 100% 본체와 같은 재질은 아니라는 소리다.

고로 이렇게 엔진을 새것으로 만들어도 누군가에게 팔아먹을 수는 없다.

잘못해서 엔진이 다시 문제를 일으키면 고칠 수 있는 방법이 없기 때문이다.

스파크가 잦아들 즈음 통 안에서 부품을 꺼낸 화수는 만족스러운 표정을 지었다.

"좋아, 되었군."

화수는 같은 방법으로 계속해서 마모된 부품들을 투하시켰다.

*　　　*　　　*

무려 일주일이나 걸려서 완성한 자동차 엔진과 주변 부품들은 처음 공장에서 갓 나온 자동차와 같은 상태로 변해 있었다.

끼리리릭, 부르릉!

디젤엔진 특유의 진동과 소음만 아니라면 잡음이 거의 없을 정도로 깔끔했다.

요즘 나오는 신차에 비할 바는 못 되지만 화수가 고물이나 인형을 싣고 다닐 용도론 아주 제격이었다.

화수는 인형 도매상가가 열릴 때까지는 고철을 수거하러 다니기로 했다.

그가 다니는 곳은 주로 공사 현장이나 철거 현장으로 폐지나 공병이 쓰레기처럼 버려진 곳이다.

돈이 되는 알루미늄이나 구리라면 모를까, 자리만 많이 차지하는 공병과 폐지는 분리수거함에 아무렇게나 널브러져 있는 것이 대부분이다.

화수는 새벽같이 일어나 그런 현장들만 골라서 빈병과 폐지를 수거했다.

룸미러가 보이지 않을 정도로 빼곡하게 빈병과 폐지를 수거하고 나니 어느새 시간은 9시로 향하고 있다.

10분 만에 비례동으로 차를 몬 화수는 어제 완성시킨 인형들을 창고에 내려놓았다.

"저 왔습니다!"

"오, 강 사장님 왔어요?"

이제는 제법 친해진 장현동이 반갑게 그를 맞이한다.

그는 화수의 화물차를 이리저리 둘러보며 감탄사를 연발한다.

"이야, 도대체 이런 물건은 어디서 구했어요? 이 정도면 거의 20년은 다 되었을 텐데 엔진 소리가 아주 좋네요."

"오래된 것을 사서 제가 고쳤지요."

"화수 씨는 참 재주도 많아."

이윽고 특장 칸에 육천 개의 인형을 올리는 장현동에게 화수가 말했다.

"천오백 개만 더 주실 수 있습니까?"

"인형을 더 달라고요?"

"동료가 늘었거든요. 주실 수 있다면 조금 더 주셨으면 좋겠습니다."

그는 흔쾌히 고개를 끄덕인다.

"알겠어요. 그렇게 하도록 하죠."

바로 어제 마나코어를 하나 더 완성했기 때문에 인형을 더 넣어도 무리는 없을 것이다.

게다가 자동차가 생겼으니 아무리 많은 인형을 실어도 문제될 것이 없었다.

'이래서 사람은 도구를 이용해야 하는 법이지.'

그는 자동차의 소중함을 새삼 깨달았다.

*　　　*　　　*

늦은 저녁, 일용직 철거 현장에 투입되었던 화수는 오늘도 역시 근무 시간이 한참 초과되어 일을 끝냈다.

소장은 그런 화수에게 조금 빈 듯한 일당을 건넨다.

"자, 15만 원일세."

항상 돈을 떼이면서도 화수는 웃는 낯으로 고개를 숙였다.

"감사합니다."

"험험! 그럼 난 이만……."

현장에 함께 참여한 철거업자들은 뻔뻔한 소장의 태도를 지켜보며 혀를 찬다.

"허어, 저런 빌어먹을 놈을 보았나?!"

"자기 아들뻘 되는 청년에게 이게 지금 할 짓인가?"

화수는 애써 그들을 진정시켰다.

"너무 그러지 마세요. 일거리를 주는 것만으로도 어디인데요."

"아이고, 이렇게 사람이 물러서 어떻게 하나? 받을 돈은 악착같이 받아내야지."

"쯧, 화수는 다 좋은데 사람이 너무 착해서 탈이야."

화를 낼 줄 몰라서 안 내는 것이 아니라, 분란을 만들어 그나마 간간이 들어오던 일자리를 잃을까 봐 애써 참고 있는 화수다.

그는 끝까지 화를 억눌렀다.

"뭐, 아무튼 일이 잘 끝났으니 된 것이지요."

차근차근 장비를 챙겨 돌아가려는 화수에게 소형 철거를 전문으로 하는 양철민이 다가온다.

"자네 그러지 말고 나와 함께 다른 현장으로 가는 건 어떤가?"

"다른 현장이라니요?"

"이렇게 돈을 떼먹히느니 내가 소개시켜 주는 개인 현장에 가서 일하게. 그게 나을 것 같군."

"하지만……."

"혹시라도 저런 쓰레기 같은 놈과의 의리를 운운하는 것이라면 그만두게."

옛말에 착하게 살면 복을 받는다는 말이 있지만, 화수는 성격이 좋아서 지금까지 참아온 것은 아니었다.

일이야 어찌 되었든 개인 현장에서 일하게 되었다는 것은 좋은 일이다.

＊　　　＊　　　＊

양철민이 소개시켜 준 개인 현장은 그저 말로만 개인이 하는 업장이지 사실은 거의 중견 기업 수준의 현장이었다.

이런 현장은 각자의 분야가 따로 정해져 있어서 화수로선 일하기 상당히 편한 현장이라고 할 수 있었다.

"양 사장의 소개로 왔다고?"

"예, 사장님."

세민건설의 김철민 사장은 화수에게 이런저런 질문을 했다.

"철거는 얼마나 해봤나?"

"어려서부터 아버지를 따라다니면서 고물상 일을 배웠습니다. 물론 철거도 해봤고요."

"그때부터 지금까지 쭉 이 일을 해오고 있다?"

"중간에 교통사고를 당해서 2년 정도 누워 있었습니다만, 학생 때부터 지금까지 계속 철거를 했습니다. 산소용접부터 전기, 알곤 용접까지 어지간한 기술은 다 있습니다. 물론 대형면허에 특수면허까지 있고요."

어려서부터 일을 해온 화수이기에 현장에 필요한 대부분의 기술은 보유하고 있었다.

다만 그것에 대한 공인 자격을 따지 못했을 뿐이다.

"좋네, 한번 믿어보기로 하지."

"감사합니다!"

"그럼 이제 임금을 맞춰볼 차례군."

가장 중요한 돈에 대한 협상만 남았다.

"대부분의 철거 현장은 평당 단가를 따져서 돈을 받는다네. 물론 일급으로 받는 경우도 있고."

이 바닥에는 상당히 많은 철거업자들이 있다.

그들과 경쟁을 한다는 것 자체가 말도 안 되는 얘기지만, 일단 소개를 받았으니 그에 대한 경쟁력을 보유했다는 것을 보여주어야 한다.

"일급으로 15만 원을 받겠습니다."

"일급으로 15만 원? 그것으로는 자네 혼자 일당 채우기도 바쁠 텐데?"

"대신 현장에서 나오는 고물을 저에게 넘기는 것으로 하시지요."

"고물을?"

가끔 공사 대금 대신 고철로 그 값을 치르는 경우도 있는데, 그것은 폐기물업자들이나 하는 일이다.

화수는 철거업자로서 이곳에 들어온 것이기 때문에 평당 단가로 따져 돈을 받아야 맞다.

"으음, 그래서 버틸 수 있겠어?"

"괜찮습니다. 대신 전선을 비롯해서 비철, 고철, 재활용품 등 현장에서 나오는 고물은 전부 제가 가지고 가겠습니다."

임금을 올리는 경우는 있어도 하청업체 스스로 임금을 내리는 경우는 없다.

김철민은 흥미롭다는 표정을 짓는다.

"나중에 딴소리하면 곤란하네."

"물론이지요."

화수는 임금에 대한 협상을 조금 불리하게 마무리 지었다.

하지만 앞으로 이 손해가 득으로 돌아올 날이 분명히 생길 것이라 믿는 화수다.

*　　　*　　　*

임금을 깎았으면 그것을 채울 수 있는 수단을 만들어야 한다.

화수는 최근 철거 현장을 돌아다니며 모은 고철로 바퀴 달린 고관절 인형을 만들었다.

아직 화수가 보유한 이점은 원격으로 고철 인형을 조종할 수 있다는 것과 사람과 똑같은 구조의 손을 가진 고철 인형을 만들었다는 것이다.

이 두 개를 조합하면 충분히 현장에서 인부를 대신해 사용할 수 있는 고철 인형을 만들 수 있다.

화수는 가내수공업에 투입한 고철 인형과 똑같이 생긴 인형을 두 대 더 만들었다.

현장에 투입될 때까진 일주일이 넘게 남았으니 그에 맞는 마나코어를 만들기에 시간도 충분했다.

그는 완성된 뼈대에 두 개의 마나코어 홈을 만들었다.

마나코어 하나만으론 바퀴와 기계 손을 동시에 움직일 수 없기 때문이다.

이렇게 하면 마나 소모량은 엄청나겠지만 안정적으로 작업을 시킬 수 있다.

화수는 현장에서 사용할 고철 인형이 잡아먹을 마나를 계산해 보았다.

"으음, 마나코어 하나면 약 다섯 시간 정도 가겠군."

그렇다는 것은 지금 가지고 있는 마나코어를 모두 현장으로 가지고 가서 돌려가며 사용해야 작업이 가능하다는 소리다.

일단 할 수 있는 한 최선을 다했으니 현장에서 일이 어떻게 돌아갈지는 두고 봐야 알 일이다.

*   *   *

화수는 김철민을 따라 첫 번째 철거 현장으로 향했다.

오늘의 현장은 대전에 위치한 현충원으로 구식 박물관의 구조 변경을 위한 철거가 진행되고 있었다.

총 300평 크기의 3층 건물인 박물관에서는 꽤 많은 양의 쓰레기가 배출된다.

화수가 맡은 일은 이곳의 쓰레기를 배출시키고 기타 시설물들을 철거하는 일이다.

그리고 작업 기간 총 열흘 동안 나오는 모든 고철을 화수가 가지고 갈 수 있도록 했다.

김철민 사장이 화수에게 식권과 음료수값이 들어 있는 봉투를 건넨다.

"어지간한 설비는 모두 나가고 없으니까 혼자서 마음껏 부수고 뜯어내라고. 밥은 현충원 밖에 있는 한식뷔페에서 해결하고."

"예, 알겠습니다."

"그럼 난 이만 가보겠네. 수고하라고."

"살펴 가십시오."

이윽고 화수는 트럭 특장 칸에 숨겨두었던 고철 인형들을 데리고 옥상으로 향했다.

덜그럭덜그럭……

현충원은 주말마다 꽤나 많은 조문객이 찾아오지만 공사

가 한창인 이곳은 출입금지로 되어 있다.

때문에 고철 인형을 보고 놀라 자빠지는 사람은 없을 것이다.

화수는 고철 인형들에게 빗자루와 눈삽을 건넸다.

"이것으로 쓰레기들을 모아서 난간 가까이로 붙여."

덜그럭…….

고철 인형들은 알아들었다는 뜻으로 고개를 끄덕이곤 곧장 빗질을 시작한다.

슥삭슥삭.

화수는 안전 펜스도 치고 메케한 먼지도 피할 겸 지상으로 내려갔다.

그는 '안전제일'이라고 쓰인 펜스를 공사 현장에서 약 3미터 떨어진 곳에 에둘러 치고 빨간색 '접근금지' 띠를 둘렀다.

이렇게 해놓으면 현장으로 사람들이 접근하지 않을뿐더러 손쉽게 쓰레기를 치울 수 있다.

박물관 난간에는 화수가 설치해 둔 대형 패널이 줄을 지어 매달려 있는데, 이것을 이용해 건물을 오르내리지 않고 폐기물을 1층까지 내릴 수 있었다.

"던져!"

화수의 외침을 들은 고철 인형들이 일사불란하게 산업폐기물을 바닥으로 집어 던진다.

쿵, 쿵!

마스크로 입을 가린 화수는 혹시나 현장에 사람이 지나다니지 않는지 살폈다.

무작정 집어 던진 폐기물은 패널을 타고 대형 쓰레기통 안으로 차곡차곡 쌓인다.

화수는 그 옆에서 쓰레기통 밖으로 튕겨져 나온 잡쓰레기만 삽으로 떠서 치워냈다.

이렇게 하면 비교적 손쉽게 쓰레기를 치울 수 있었다.

하지만 3층에 있는 폐기물 전체를 내다 버리는 것이기 때문에 잔해물만 치우는 것으로도 충분히 벅찼다.

"일시 중지!"

숨이 턱 밑까지 차오른 화수는 작업을 중단시키고 고철 인형들은 3층 구석으로 몸을 숨겼다.

혹시라도 화수가 못 보는 사이에 현장으로 관리인이 들이닥칠 수도 있기 때문이다.

무려 다섯 시간 동안 쉬지도 않고 폐기물을 치운 화수는 시계를 보았다.

12:30.

이제 슬슬 밥을 먹어야 할 듯하다.

화수는 가장 먼저 고철 인형들의 마나코어를 떼어내 비교적 공기가 맑은 곳으로 가지고 갔다.

조금이라도 충전을 시켜두어야 오래도록 작업을 할 수 있기 때문이다.

"나도 충전을 좀 해야겠군."

그는 고철 인형들을 놓아둔 채 근처에 있는 한식뷔페로 향했다.

＊　　　＊　　　＊

점심을 먹고 나서는 같은 방법으로 2층에 있는 폐기물을 치워내기로 했다.

하지만 3층보다 폐기물 양이 많아서 오늘 밤까지 꼬박 작업을 해야 간신히 마칠 수 있을 것 같았다.

"후우, 역시 혼자서 현장을 맡는다는 것이 쉽지 않은 일이군."

그나마 고철 인형들은 쉴 필요가 없어서 다행이었다.

일반인 같았으면 이 자욱한 먼지를 그대로 마셔가면서 쉬지 않고 일하기란 불가능했을 것이다.

아마 모르긴 몰라도 화수의 작업 속도는 다른 철거업체들에 비해 몇 배는 빠를 것이다.

2층의 절반쯤 치우고 나니 벌써 해가 지고 있다.

이젠 쓰레기통을 비우고 돌아오는 길에 대충 저녁을 때워야 할 듯했다.

화수는 건설회사에서 싼값에 렌트한 트레일러를 가지고 현장으로 복귀했다.

운전 경력이 7년차인 화수는 대형면허에 특수면허까지 가지고 있다.

덕분에 어지간한 차종은 대부분 끌고 다닐 수 있는 자격이 된다.

화수는 2층에 있는 고철 인형들을 트레일러 운전석 뒷자리에 앉혔다.

"무슨 일이 있어도 움직이면 안 된다?"

덜그럭…….

그리고는 그곳에 모포를 덮어서 마치 처음부터 아무것도 없었다는 듯이 만들어놓았다.

이렇게 해놓으면 현장을 비워도 마음 졸일 일은 없다.

화수는 대형트럭의 특장 칸에 쓰레기가 가득 담긴 트레일러를 연결시켰다.

뚜껑이 좌우로 벌어져 쓰레기를 담기 좋게 만들어진 산업 폐기물 전용 트레일러는 자동차에 연결하면 특장 칸이 된다.

이대로 구청에서 허가한 쓰레기폐기장으로 가면 일정량의 사용료를 주고 폐기물을 버릴 수 있다.

폐기물을 버리고 난 후 화수는 오늘 수거한 고철을 자신의 트럭에 실었다.

"양이 꽤 되는걸."

만약 개인업자가 혼자서 임금 15만 원을 받고 고철을 받아서 모든 것을 충당했다면 이 일은 할 수 없었을 것이다.

하지만 화수는 임금 자체가 들어가지 않으니 상당한 이득
이 남는 셈이다.

"후후, 이 장사도 꽤나 할 만하겠군."

화수는 고철과 고철 인형을 싣고 집으로 향했다.

*　　　*　　　*

주말을 포함해 8일 만에 일을 끝낸 화수는 김철민에게서
보너스를 받았다.

"대단하군. 독종도 자네 같은 독종은 못 봤어."

"아닙니다. 저를 도와준 동료들이 대단한 것이지요."

용접으로 설비를 떼어내는 것도 보통 일은 아니지만 그 많
은 폐기물을 열흘도 안 되는 기일 내에 마감을 했다는 것이
김철민은 신기한 모양이다.

그는 화수의 철거 실력에 감탄해 다음 현장도 이어서 부탁
했다.

"이번에는 울산에 있는 현장을 맡아주겠나? 공사 마감이
얼마 남지 않았는데 현장에 사정이 생겨서 철거를 한동안 못
했거든. 납기일에 맞춰줄 수 있겠나?"

화수가 맡아야 할 현장은 총 4층 건물이다.

식당을 했던 터라 꽤 많은 고철과 폐기물이 나올 것으로 예
상되는 곳이다.

하지만 납기일자가 고작 보름에 불과한 아주 힘든 현장이기도 했다.

"만약 자신이 없다면 다른 곳을 알아볼 수도 있네."

화수는 고개를 가로저었다.

"무조건 하겠습니다. 걱정하지 마십시오."

"이번엔 20에 고물을 모두 가져가는 것으로 조건을 올려주겠네. 그러니 부디 납기일만 제대로 맞춰주게."

"예, 알겠습니다."

처음으로 기회를 잡은 화수는 사력을 다하기로 마음먹었다.

*   *   *

김철민에게서 받은 대금과 고물을 팔아서 받은 돈으로 화수는 먼저 이사를 하기로 했다.

그가 울산으로 떠나 있는 동안에는 지수가 혼자서 지내야 하기 때문이다.

그나마 자신이 없는 동안 조금이라도 좋은 집에서 지내기를 바라는 마음이다.

"꼭 이사를 해야 해?"

화수는 화물차에 짐을 실으며 연신 투덜거리는 그녀를 애써 다독였다.

"이렇게 다 쓰러져 가는 집에서 도대체 어떻게 계속 살아? 반지하라도 집같이 생긴 집에서 살아야지."

"하지만……."

"괜찮아. 시설에서 정착지원금을 줘서 가계에 부담은 안 되니까 너무 그렇게 걱정할 필요 없어."

현재 그의 사정으론 기초생활수급자로 등록되기 상당히 힘든 부분이 있다.

하지만 몸이 불편한 지수가 있기 때문에 혜택을 받아 보증금 50만 원에 월세 15만 원짜리 변두리 시골집으로 이사할 수 있었다.

이제 드디어 집이 무너져 내릴 걱정 없이 잠을 잘 수 있게 된 것이다.

"아무튼 너무 부담스러워하지 마. 이러려고 내가 깨어난 거니까."

그제야 그녀는 어쩔 수 없이 화수의 말에 따랐다.

"휴우, 알겠어. 네가 그렇게까지 말한다면 어쩔 수 없지."

짐을 모두 챙긴 화수는 용운동에 위치한 새집으로 향했다.

판암동과 용운동은 불과 10분도 안 걸리는 아주 가까운 동네지만 용운동은 산지로 된 길이 많다.

그래서 이곳에는 농사를 짓거나 전원생활을 즐기는 사람들도 꽤 있다.

화수는 용운동 대진대학교 맞은편 농촌으로 거처를 옮겼다.

이곳은 질 좋은 포도가 많이 생산되기로 유명해서 수확 철이 되면 꽤 많은 방문객이 찾아든다.

아직까지 농사를 지을 수 있는 땅을 가지진 않았지만 언젠간 화수도 지수와 함께 이곳에서 포도 농사를 지어볼 생각이다.

큰길가를 지나 오솔길을 따라서 약 5분 정도 차를 달리자 드디어 화수의 보금자리가 보인다.

다소 허름하긴 해도 사람이 사는 데는 전혀 지장이 없을 듯하다.

두 사람은 이곳에 본격적으로 짐을 풀기 시작했다.

"이야, 집이 보면 볼수록 넓어!"

지수는 잔뜩 신이 나 있다.

운이 좋아서 생각보다 더 좋은 집을 구할 수 있었기 때문이다.

큰 방이 하나, 작은 방이 하나 있는 이 집은 얼마 전까지 두 노부부가 살던 곳이다.

자식들이 노부부를 모시겠다고 데리고 가는 바람에 집만 덜렁 남게 되었다.

그래서 집을 관리해 주는 조건으로 이렇게 싸게 집을 내어 주게 된 것이다.

덕분에 큰 집에 공짜로 집기까지 챙겨주어서 살림살이가 더 늘어나게 되었다.

비록 짧은 시간이긴 하지만 이렇게 좋아하는 그녀의 모습을 바라보고 있자니 그간의 고생이 눈 녹듯이 녹는 것 같은 화수다.

그렇게 두 남매가 오순도순 짐을 거의 다 풀 때쯤이다.

"어머나, 제가 조금 늦었네요! 이사를 도와드리려고 했는데!"

저 멀리서 김소율이 양손에 뭔가를 잔뜩 든 채 종종걸음으로 달려오고 있다.

화수는 재빨리 하던 일을 멈추고 그녀에게 달려가 짐을 받았다.

"어이쿠, 이게 다 뭡니까?"

"집들이 선물로 이것저것 가지고 와봤어요. 어휴, 짐이 생각보다 무겁네."

아담한 키가 무색해질 만큼 선물을 잔뜩 사온 그녀를 바라보며 화수는 쓴웃음을 지었다.

"이렇게까지 챙겨주시지 않으셔도 되는데……. 매번 감사해서 어쩝니까?"

"아니에요. 화수 씨와 지수 씨가 워낙 열심히 사시니까 제가 뭐라고 더 드리고 싶어서 그런 거예요. 너무 마음 쓰지 마세요."

꽤나 귀엽게 생긴 외모만큼이나 그녀의 마음씨는 무척이나 곱다.

화수는 마당에 있는 평상으로 그녀를 안내했다.

"집이 전체적으로 작긴 해도 있을 건 다 있네요. 일단 앉으시죠."

"그럼 그럴까요?"

세 사람은 김소율이 사 온 포도를 놓고 모여 앉았다.

쏴아아아아!

지대가 상당히 높은 용운동 언덕으로 바람이 불어온다.

도심에서 이런 바람을 느낄 수 있는 것은 어쩌면 변두리에 사는 사람만의 특권인지도 모른다.

지수는 살며시 눈을 감은 채 미소를 짓는다.

"집값이 싼 곳을 찾아 여기까지 왔지만, 어쩌면 이게 진정한 신선놀음이 아닐까 싶네요."

"그러게요."

화수는 이곳을 보금자리로 삼길 참으로 잘했다는 생각이 들었다.

7장

어머니의 고향

　이사를 하고 울산으로 내려가기 전, 화수는 이틀 정도 시간을 냈다.

　아무리 먹고살기가 바빠도 성묘는 꼬박꼬박 가야 한다는 것이 지수의 철칙이다.

　화수와 지수는 부모님의 고향인 서천으로 향했다.

　서대전역에서 기차를 타고 서천역으로 가는 길에 화수와 지수는 집에서 싸온 도시락으로 끼니를 해결했다.

　이른 아침이라 그런지 기차에는 사람이 없어서 아주 편한 여행길이 될 것 같았다.

　"할머니 집은 어떻게 되었어?"

도시락을 먹다 말고 화수가 지수에게 외가에 대해서 물었다.

그녀는 고개를 갸웃거린다.

"글쎄, 나도 안 가본 지 오래되어서 잘 모르겠어. 누가 집을 관리해 주면서 산다고 듣긴 했는데 자세한 건 알아봐야 할 것 같아."

화수가 어린 시절, 외할머니는 언제나 푸근한 얼굴로 손자와 손녀를 맞아주시곤 했다.

하지만 그가 초등학교를 들어갈 무렵엔 더 이상 그 얼굴을 볼 수가 없었다.

아직 일흔도 안 된 나이에 교통사고로 세상을 떠난 것이다.

남매에겐 할머니의 기억이 부모님에 대한 기억 다음으로 가장 행복한 기억이다.

"할머니가 매일 소라와 해삼 같은 걸 가지고 먹을 걸 해주셨는데 말이야."

"맞아. 그땐 그게 너무 징그러워서 싫었어. 왜 그랬는지 몰라."

"어려서 그렇지, 뭐."

서천의 한 산부인과에서 태어난 화수는 해산물이라면 눈이 뒤집힐 정도로 좋아하는 애호가다.

하지만 지수는 어쩐지 해산물을 만지는 것조차 싫어했다.

물론 지금은 혼자서 연포탕까지 끓일 수 있는 살림꾼이 다

되었지만 말이다.

"가는 김에 할머니 산소도 들르자고. 내가 없는 동안 풀이 많이 자랐을 것 같아."

"그래, 그러자."

화수의 부모님 유골은 화장해서 바다에 뿌렸다.

교통사고로 급사한 어머니와 빚 독촉과 우울증으로 스스로 목숨을 끊은 아버지의 장례는 상당히 단출하게 이뤄졌다.

게다가 당시엔 살림이 무척이나 어려웠기 때문에 납골당 같은 건 꿈도 꿀 수 없는 상황이었다.

만약 시간을 돌릴 수 있다면 작은 납골당이라도 얻어서 모셨으면 하는 화수다.

그러나 애석하게도 이 세상의 시간은 뒤로 돌릴 수 없다.

남매는 손을 꼭 붙잡은 채 서천역으로 향했다.

*   *   *

서천역에서 버스를 타고 30분 정도 들어가면 서면이라는 지역이 나온다.

서면은 관광지인 춘장대 해수욕장과 띠섬목을 아우르고 있어 여름엔 사람이 무척이나 붐비는 곳이다.

지금은 여름이 다가와서인지 역시 꽤나 많은 인파로 붐비고 있었다.

화수와 지수는 서면 입구의 정류장에 내려 마을 이장을 찾아갔다.

　마을 이장은 화수의 아버지와 중학교 동창으로 3일 전부터 자신의 집에 머무르라고 신신당부를 했다.

　아마도 지금 이대로 다른 곳에 숙박을 한다면 필시 화근이 될 것이다.

　서면은 읍내에서 띠섬목으로 향하는 관문인 커다란 언덕을 넘어야 비로소 마을이 보인다.

　이장 집은 언덕의 중턱에 위치하고 있다.

　벌써 3대가 이곳에서 살아온 이장 집은 꽤나 규모가 큰 편이지만 연식이 상당히 오래되었다.

　그래서 이장은 이곳저곳 손볼 곳이 한두 군데가 아니라고 투덜거리곤 했다.

　똑똑.

　화수는 초인종이 없는 이장 집 대문을 가볍게 두드렸다.

　"삼촌, 저희 왔습니다!"

　이윽고 멀리서부터 묵직한 사람 발소리가 들려온다.

　"화수 왔구나!"

　키가 무려 190㎝나 되는 마을 이장 정휘찬은 버선발로 달려 나와 남매를 맞이했다.

　지수와 화수는 휘찬에게 꾸벅 고개를 숙였다.

　"안녕하셨어요?"

"오오! 정말 화수가 자리에서 일어났구나! 어서 오너라!"

화수와 지수가 곤경에 처했을 때 정휘찬은 자신의 가산을 탈탈 털어 남매를 구해주었다.

지금 당장 고물상이 남의 손에 넘어가지 않는 것도 휘찬이 손을 썼기 때문이다.

그는 화수의 아버지를 친형제처럼 생각하는 사람이다.

"들어오너라. 숙모가 너희가 온다고 벌써부터 이것저것 만드느라 난리다."

휘찬의 아내 역시 아버지 진우의 소꿉친구다.

그녀 또한 화수의 집에 우환이 닥쳤을 때, 집안의 가산을 모두 털어 함께 화수네 집을 도운 사람이다.

남매 때문에 가세가 기울었지만 단 한 번도 두 사람을 원망해 본 적이 없는 굳센 여자다.

부엌에 다다르기 전부터 향긋한 전과 갈비찜 냄새가 진동한다.

"너무 많이 차리신 것 아닌가요?"

휘찬은 고개를 가로저었다.

"아니야. 1년에 한 번 만나는 자리인데 당연히 신경을 써야지. 더군다나 오늘은 너희의 날이 아니라 진우와 경미의 날이잖아?"

진우의 아내 경미는 서천 읍내에서 나고 자란 사람이라 세 사람과는 고등학교 때 안면을 텄다.

다소 늦게 만난 감이 있긴 하지만 네 사람 모두 친구 사이다.

부부가 화수네 집을 신경 쓰는 것은 어쩌면 당연한 일인지도 모른다.

화수와 지수가 휘찬의 아내 미정에게 인사를 하려 주방에 들어가려던 때다.

"아빠, 나 왔어!"

이제 막 여고생이 된 휘찬의 딸 소라가 집으로 들어선다.

"어어!"

소라를 향해 손을 올리는 화수에게 그녀는 뾰로통한 표정을 짓는다.

"또 왔어? 뭐 또 얻어먹을 것이 있다고 왔어?"

날이 바짝 선 그녀에게 휘찬이 다그치듯 말한다.

"왜 그래? 아버지, 어머니 성묘를 온 아이들에게."

"홍! 그게 뭔 대수라고 없는 살림에 갈비까지 해다 바쳐? 산 사람도 못 먹는 것을."

휘찬이 화를 삭이지 못하고 그녀의 뒤통수를 후려갈기려는 찰나, 화수가 소라 앞을 막아섰다.

"삼촌, 그만하세요. 그럴 수도 있죠."

"뭐? 그럴 수도 있긴 뭐가 그럴 수도 있어? 버르장머리 없는 녀석 같으니!"

"삼촌, 제발요. 오늘은 부모님 성묘하는 날이잖아요. 그러니 참아주세요."

그제야 휘찬이 애써 화를 삭인다.

"후우! 화수 때문에 그냥 넘어가는 줄 알아!"

눈시울이 붉어진 소라가 자신의 방문을 힘껏 닫고 들어간다.

쾅!

"저, 저런……!"

지수가 휘찬에게 고개를 숙인다.

"죄송해요. 괜히 저희들 때문에……."

그는 고개를 가로젓는다.

"아니다. 오늘은 내 가장 친한 친구들의 기일이야. 너희 때문이 아니라도 어차피 음식은 했을 거야. 너무 마음 쓰지 말거라."

반가운 마음보다 미안한 마음이 더욱 커지는 남매다.

휘찬은 그런 두 사람에게 애써 웃음을 짓는다.

"자자, 숙모에게 인사하러 가야지! 며칠 전부터 잠도 못 자고 너희를 기다린 사람인데 말이야."

두 사람은 휘찬의 손에 이끌려 주방으로 향했다.

*   *   *

각종 전 종류가 열 가지가 넘고 갈비찜에 잡채까지 혼자서 해내는 미정의 요리 솜씨는 가히 일품이라고 할 수 있다.

미정은 화수 남매가 주방으로 들어서자마자 눈시울을 붉힌다.

"너희들 왔구나."

"잘 지내셨어요, 숙모?"

그녀는 멀쩡하게 걸어 다니는 화수를 바라보며 끝내 눈물을 떨어뜨렸다.

"…정말 괜찮은 거구나. 이 모습을 진우와 경미가 봤어야 하는데……."

예전보다 더욱 늠름해진 화수의 모습에서 진우의 모습을 본 것일까?

그녀는 쏟아지는 눈물을 주체하지 못한다.

"이 사람이 오늘따라 왜 이래? 아이들 앞에서 칠칠맞게……."

사실 눈시울이 붉어진 것은 휘찬 역시 마찬가지지만 애써 그녀를 달래느라 쓴소리를 한다.

화수는 세상 누구보다 고마운 이들에게 꾸벅 고개를 숙였다.

"두 분 덕분에 제가 이렇게 깨어난 모양이네요. 감사해요."

미정은 고개를 가로젓는다.

"아니야. 네가 이렇게 서 있을 수 있는 건 모두 지수 덕분이다. 지수가 너를 밤낮으로 간호하면서 일까지 했잖니. 세상에 저런 아이가 또 어디 있겠니?"

그 모진 세월을 견뎌온 지수는 오히려 겸연쩍은 표정을 짓는다.

"제가 한 게 뭐 있나요? 화수의 의지력이 대단한 거지요."

"아니야. 네가 없었으면 화수가 이 자리에 서 있기나 하겠어?"

지금 화수가 멀쩡하게 돌아다닐 수 있는 것은 모두 이 세 사람 덕분이다.

언젠가 이들에게 보은하고 말겠다고 다짐하는 화수다.

바리바리 음식을 싸 들고 찾은 곳은 화수의 할머니 산소였다.

화수의 조부모님은 진우가 어린 시절부터 연락이 닿지 않는 상태였다.

일찍이 빚 때문에 함께 살 수가 없었던 것이다.

그래서 제사를 지내거나 차례를 지낼 때면 언제나 외할머니의 산소를 찾는 두 사람이다.

산소 앞에 술잔을 놓고 절을 한 화수는 양갱을 잘게 잘라서 산소에 뿌렸다.

"할머니가 좋아하시던 양갱이에요. 많이 드세요."

미신에 대한 믿음이 없는 화수지만 할머니에 대한 효심으로 이런 일을 하는 것이다.

할머니의 성묘가 끝난 후엔 곧장 부모님의 유골을 뿌린 서천 앞바다로 향했다.

홍원항에 정박해 놓은 휘찬의 배에 오른 네 사람은 약 10분가량 배를 끌고 넓은 바다로 나갔다.

어려서부터 물개라는 별명이 있을 정도로 바다를 좋아하던 진우는 죽어서도 바다에 뿌려졌다.

진우는 좌표나 지도가 없이도 유골을 뿌린 곳이 어디인지 정확하게 기억하고 있었다.

그는 망망대해 한가운데에 배를 세웠다.

"여기야. 이곳이 틀림없어."

화수는 정종 대신 소주를 바다에 뿌렸다.

"아버지, 요즘은 술 도수가 낮아져서 한 병으론 안 될 것 같아 두 병 뿌려요."

지독한 주당이던 진우는 매일 소주를 한 병씩 마셨다.

하지만 주사가 없어서 화수에겐 소주가 상당히 정겨운 술이 되었다.

휘찬이 집에서 싸온 음식에 젓가락을 꽂고 외친다.

"둘 다 맛있게 먹어라!"

부부의 유골이 뿌려진 이곳은 네 사람의 눈물이 뿌려진 곳이기도 하다.

한참을 그렇게 바다에 머물던 네 사람은 다시 육지로 향했다.

　　　　　*　　　*　　　*

　차례를 지내고 남은 음식은 버리지 않고 사람이 먹는 것이
한국의 전통적인 관습이다.

　화수의 집안 역시 별다를 것이 없었다.

　휘찬의 집에 돌아온 네 사람은 화려한 밥상에 소주를 곁들
여 저녁을 먹기로 했다.

　그런데 아까부터 소라가 보이지 않는다.

　"소라야!"

　딸을 데리러 방으로 들어간 미진이 어색한 미소를 짓는다.

　"…없네."

　"또 어디로 간 거야? 오늘은 집에서 저녁을 먹을 거라고 그
렇게 말했건만……."

　화가 머리끝까지 난 휘찬 대신에 화수가 자리에서 일어섰
다.

　"제가 찾아볼게요."

　"어디에 있는 줄 알고 찾아?"

　원래 어려서 소라는 화수를 무척이나 잘 따르던 아이였다.

　화수는 소라가 지금쯤 어디에 있는지 알 것 같았다.

　"금방 올 테니 먼저들 드시고 계세요."

　휘찬의 집에 있는 자전거를 타고 비탈길을 내려간 화수는

춘장대 해수욕장과 띠섬목의 갈림길에서 길이 없는 곳으로 자전거를 몰았다.

촤르르르륵!

오래된 자전거이지만 기름칠을 워낙 잘해놓아서인지 오솔길에도 전혀 불편함이 없다.

화수는 띠섬목으로 가는 지름길인 오솔길에 도착해서 곧바로 자전거를 세웠다.

그리고는 갈대로 가려진 연못으로 들어갔다.

"소라야."

아니나 다를까, 그곳에는 우울한 표정의 소라가 쪼그려 앉아 있다.

그녀는 화수를 보자마자 신경질적으로 묻는다.

"여긴 왜 왔어? 무슨 좋은 꼴을 보겠다고."

"그냥… 네가 여기에 있을 것 같아서."

올해로 열아홉 살이 된 그녀는 화수와 여덟 살 차이가 난다.

어려서 화수는 소라를 데리고 다니면서 이런저런 놀이를 하곤 했다.

소라는 자신의 눈높이에 맞춰서 놀아주는 화수를 무척이나 따랐다.

진우가 가족을 데리고 고향에 내려왔다 올라가는 날엔 동네가 떠나가라 울어대는 소라 때문에 곤욕을 치른 것이 한두 번이 아니다.

그렇게 화수를 따르던 그녀가 이렇게 된 것은 모두 진우의 빚 때문이다.

화수는 슬그머니 그녀의 곁으로 다가가 앉았다.

"내가 많이 밉지?"

그러자 그녀는 엉덩이를 반대쪽으로 밀며 거리를 벌린다.

"그걸 말이라고 해? 오빠 같으면 안 밉겠어?"

화수는 씁쓸하게 웃었다.

"미안하다. 오빠가 할 말이 없어."

"쳇, 알면 다시 오지 말던가? 왜 일 년에 한 번씩 찾아와서 사람 속을 긁어?"

"누군가에겐 미운 기억이지만 누군가에겐 소중한 기억 아니겠어? 내가 부모님을 가슴에 묻을 때 삼촌도 우리 부모님을 가슴에 묻으셨어. 그래서 내가 오지 않을 수가 없어."

"흥! 핑계도 좋네!"

화수는 주머니에 들어 있는 100원짜리 불량식품 비타민을 꺼내어 건넸다.

"대신 이걸 줄 테니까 화 풀어."

"뭐?"

"네가 어려서는 이걸 주면 이상하게도 울다가도 울음을 그치더라고. 아마 네가 초등학교 들어갈 때까지 이걸 먹었던 것 같은데?"

그녀는 인상을 와락 구기며 소리친다.

"이런 말도 안 되는 것을 가지고 내 기분을 풀어줄 수 있을 것 같아?!"

픽!

소라는 화수의 손에 쥐어 있는 불량식품을 거칠게 쳐냈다.

그 탓에 불량식품이 연못으로 빠져버렸다.

퐁당!

"뭐, 뭐야?! 무슨 사람이 그렇게 힘이 없어?!"

자신도 모르게 자리에서 벌떡 일어난 그녀를 바라보며 화수는 슬그머니 미소를 지었다.

"걱정하지 마. 집에 가면 얼마든지 더 있으니까."

"우, 웃기고 있네! 난 저런 말도 안 되는 건 먹지 않아! 혼자 김칫국 마시고 있어!"

이윽고 자리에서 일어선 그녀가 수풀을 헤치고 나간다.

화수는 그런 그녀에게 물었다.

"집에 가려고?"

"그럼 가야지 안 가? 앞장서. 집에까지 태워다 줘야 할 것 아니야?"

참으로 뻔뻔하기 이를 데 없는 그녀이지만 화수는 꼬맹이가 투덜거리는 것 같아서 귀엽기만 했다.

"알았어. 뒤에 타. 오빠가 집까지 데려다 줄게."

"쳇! 오빠는 무슨!"

한껏 투덜거리면서도 화수의 허리춤을 붙잡는 소라다.

*　　*　　*

휘찬의 집. 조금 냉랭한 기운이 감돈다.

아침나절에 있던 마찰 때문에 휘찬의 기분이 별로 좋지 않기 때문이다.

"…먹자."

젓가락을 든 휘찬으로 인해 식사는 시작되었지만 여전히 부녀의 표정은 딱딱하게 굳어 있다.

아무런 말도 없이 묵묵히 밥을 먹던 일행에게 화수가 불현듯 물었다.

"그나저나 삼촌은 몇 살 때부터 술을 드셨어요?"

"나? 글쎄……."

말끝을 흐리는 그를 대신해 미정이 답한다.

"글쎄는 무슨, 너희 아빠랑 이 사람은 중학교 때부터 술을 마시고 다녔단다. 아주 동네에선 골칫거리였지. 이제 열다섯 살쯤 된 아이들이 맨날 술을 마시고 다닌다고 생각해 봐. 이 장님이 뭐라고 생각했겠어?"

"이야, 대단하시네요."

휘찬은 괜히 헛기침을 해댄다.

"험험! 내가 언제? 내가 언제 그랬다고……."

"언제긴, 당신 어렸을 때 기억 안 나? 술만 마시면 아무 데서나 쓰러져 자서 아버님께 두들겨 맞기 일쑤였는데 말이야."

누구에게나 흑역사는 있게 마련이다.

증인이 이렇게 떡하니 버티고 있으니 더 이상 변명할 수도 없는 휘찬이다.

"…먹자."

화수는 그런 그에게 술을 권했다.

"기왕 이렇게 된 김에 삼촌의 그 오래된 내공을 보고 싶은데요?"

아들이 없는 휘찬은 화수가 술을 따라줄 때마다 함박웃음을 짓곤 했다.

"하하! 좋지!"

"가득 따르겠습니다."

"물론이지!"

슬하에 무남독녀 외동딸만 있는 휘찬이라 화수가 어릴 때부터 진우를 부러워했다.

하지만 지금은 장성한 화수의 모습에서 진우를 찾으려는 것인지도 모른다.

그는 술자리에서만큼은 화수를 꼭 친구처럼 대하고 있었다.

단숨에 술잔을 비워낸 휘찬이 화수에게 잔을 건넨다.

"한잔 받아."

"예, 삼촌."

휘찬이 마시던 잔을 받은 화수는 공손하게 술을 받아 그것을 단숨에 넘겼다.

꿀꺽!

"이야, 술도 잘 마시는구나!"

"그 피가 어디로 가겠습니까?"

즐겁게 잔을 주고받은 화수는 소라를 바라보며 휘찬에게 물었다.

"그나저나 우리 소라도 술 한 잔쯤은 할 나이가 되지 않았나요?"

"뭐?"

"열아홉 살이면 조선시대 땐 시집갈 나이잖아요. 술 한잔하는 건 흠이 아니지 않을까요?"

"그건……."

가만히 눈치를 보고 앉아 있던 소라가 화수의 잔을 확 낚아챈다.

"나도 한 잔 줘!"

"뭐, 뭐라고?"

"한 잔 달라고. 나도 입인데 왜 두 사람만 마셔?"

휘찬이 실소를 흘린다.

"하하, 그래. 우리만 입은 아니지."

술맛은 술잔이 돌면 돌수록 깊어지는 법이다.

그는 딸에게도 잔을 돌린다.

"마셔."

소라는 술잔을 받자마자 단숨에 비워낸다.

꿀꺽!

"크흐, 좋다!"

그 모습이 너무 자연스러워서 주변에 있던 사람들이 실소를 터뜨린다.

"한두 번 마셔본 솜씨가 아닌데?"

"당연하지. 누구 딸인데."

피는 못 속인다고 했던가?

아버지를 닮아서 그런지 그녀 역시 일찍부터 술에 대한 진리를 깨우친 모양이다.

휘찬은 밥상머리를 아예 술판으로 만들어 버린다.

"어차피 오늘 여기서 자고 갈 것이라면 거하게 한잔하자. 지수도 괜찮지?"

"주시면 받을게요."

"당신도 받고."

"알겠어."

깊어졌던 감정의 골이 술 한 잔으로 풀어진다.

*   *   *

술이 한잔 들어갔으니 고스톱이 빠질 수 없다.

밥상머리 앞에 모포를 깐 휘찬이 익숙한 솜씨로 패를 섞어 돌린다.

"점 50원이라고 봐주는 것 없다. 빚지는 것 없이 무조건 현찰 박치기야."

"후후, 아빠야말로 봐달라고 하지 마."

"쯧, 허세는."

화투를 칠 줄 모르는 지수가 빠지고 네 사람이 둘러앉아 패를 잡았다.

가장 먼저 선을 잡은 휘찬이 처음으로 패를 낸다.

따악!

"소리 좋고!"

화투는 뭐니 뭐니 해도 패와 패가 부딪칠 때 시원한 소리가 나야 제 맛이다.

선이 먹을 패를 다 가지고 가서 그런지 뒤에 치는 사람들의 승률이 영 좋지 못하다.

총 네 바퀴가 돌았을 때 이미 승부는 나 있다.

"총 15점, 쓰리고에 모두 피박, 광박. 여기서 스톱!"

고스톱을 치는 솜씨가 가히 예술의 경지에 도달한 그를 이길 수 있는 사람은 적어도 여기엔 없을 듯싶다.

점수를 매긴 그가 각자에게 손을 벌린다.

"자자, 수금 들어가겠습니다. 총 120점이니까……."

바로 그때였다.

"에잇! 무효야, 이건!"

촤라라락!

가만히 앉아서 하루 용돈을 몽땅 날려 버린 소라가 화투판을 엎어버린다.

이에 휘찬이 버럭 소리를 지른다.

"뭐, 뭐하는 거야?!"

"이젠 점수를 못 매기니까 돈은 못 받겠지?"

"이런……!"

자리에서 벌떡 일어선 소라가 후다닥 방으로 뛰어들어간다.

"메롱!"

"저, 저……!"

이내 사라지고 없는 소라의 빈자리를 바라보며 네 사람은 너털웃음을 터뜨렸다.

"그놈 참!"

"저게 소라의 매력 아니겠어요?"

아침나절엔 화가 잔뜩 나 있더니 이제야 원래의 기분으로 돌아온 모양이다.

*　　　*　　　*

다음 날, 화수 남매가 다시 대전으로 돌아가는 날 아침이 밝았다.

그는 휘찬 내외에게 넙죽 절을 올렸다.

"다시 만날 때까지 건강하세요."

"그래, 너도 앞으로 계속 건승하거라."

미정은 차마 눈물이 나서 버스를 타는 것을 못 보겠다며 집으로 들어가 버린다.

"…자주 연락해."

"네, 숙모. 숙모도 잘 지내세요."

휘찬과 함께 대문 밖으로 나온 화수는 숨어서 연신 자신을 바라보는 소라를 발견했다.

"소라도 잘 지내."

순간, 흠칫 놀란 소라가 딴청을 부린다.

"흐, 흥! 가버려!"

그러면서도 그녀는 버스가 올 때까지 계속 기다리고 있다.

이윽고 10분 후, 읍내로 나가는 버스가 도착했다.

"삼촌, 이제 들어가세요. 버스 왔어요."

"그래, 너희들 가는 것 보고 들어갈게."

만남이 있으면 헤어짐도 있는 법. 하지만 헤어짐을 겪을 때마다 아쉬움을 떨치기란 쉽지가 않다.

버스 위로 무거운 발걸음을 옮기려는 화수에게 소라가 다가와 손을 잡는다.

"…가지 마."

"뭐?"

"가지 말라고! 사람 말 못 알아들어?!"

화수는 슬그머니 미소를 지었다.

"언제는 가버리라면서?"

"그, 그건……."

그는 소라에게 100원짜리 불량식품을 쥐어주었다.

"이거 줄게."

"……."

"참고 기다리면 또 만날 수 있어. 오늘만 날이 아니잖아?"

"…싫다니까 그러네."

우물쭈물하는 화수에게 버스기사가 묻는다.

"안 갈 거야? 이러다 기차 놓친다."

버스기사 역시 진우의 동창이다.

화수를 못 알아볼 리 없다.

"네, 삼촌. 갈게요."

짐을 챙겨 버스에 오르는 화수를 바라보며 소라가 외친다.

"가지 말라니까?!"

그런 그를 말리는 것은 언제나 휘찬의 몫이다.

"나중에 또 보면 되지."

"싫어! 싫다고!"

화수는 애써 그녀를 뒤로하고 버스에 올랐다.

"그만 가볼게요."

"그래, 조심히 가거라."

떼를 쓰는 것은 지금이나 어려서나 다를 바가 없는 소라다.

언제나 그렇듯 화수는 그런 소라를 떼어내는 것이 못내 가슴이 아프다.

하지만 계속 이곳에 머물 수는 없는 노릇이니 억지로 버스에 오르는 화수다.

'네 혼수는 내가 챙겨서 보내줄게.'

언젠가 그녀가 시집을 가는 날 화수는 그녀에게 다른 오빠들처럼 혼수를 해서 보내겠다고 다짐했다.

8장

울산으로

아직 간판도 제거하지 않은 현장에 도착한 화수는 굳게 닫혀 있는 건물의 문을 열었다.

끼이이익!

사람이 건물을 비운 지 꽤 오래되었는지 현장은 그야말로 아수라장이었다.

그나마 전자제품과 소파가 빠져나가서 쓰레기만 치우면 그나마 조금 봐줄 만할 듯했다.

4층으로 이뤄진 현장은 총 400평 규모로, 기한인 보름에 맞춰서 끝내기엔 조금 무리가 있을 듯했다.

하지만 일단 돈을 받기로 했으니 기한에 맞춰서 끝내야 할 것이다.

그나마 마을의 끄트머리에 있어서 폐기물을 치울 수 있는 공간이 나온다는 것이 다행이었다.

화수는 이곳에 장비를 내려놓고 건물 주변에 녹색 테이프를 둘렀다.

그리고 그 앞에 노란색 펜스를 세워서 사람들이 이곳을 함부로 들어오지 못하도록 했다.

"힘든 여정이 되겠군."

짐을 다 푼 화수는 주변에 있는 모텔로 향했다.

공업단지가 위치한 울산이기 때문에 식당가 주변에는 모텔이 줄지어 늘어서 있었다.

타지에서 하청을 받고 내려온 인부들이 단체로 숙박을 하다 보니 가격대도 제법 저렴한 편이었다.

하지만 시설이 조금 낙후된 것이 흠이었다.

"방 하나 주십시오."

"사만 원이요."

화수는 만 원짜리 석 장과 함께 김철민의 명함을 끼워서 건넸다.

"듣자하니 김철민 사장님께서 자주 숙박을 하신다고 하던데, 조금 싸게 해주십시오."

모텔 주인은 명함과 화수를 번갈아 보더니 이내 방 열쇠를 건넨다.

"다른 사람도 아니고 김 사장 소개라고 하니 봐주는 겁니다. 다음부턴 숙박비 제대로 받을 거예요."

"감사합니다."

평균적인 시세에서 만 원이나 싸게 방을 잡을 수 있다는 것은 화수에게 있어 상당한 이득이다.

보름 동안이나 이곳에 묵어야 할 텐데 하루에 만 원씩 아낄 수 있다는 것은 보통 일이 아니다.

싼값에 방을 잡은 화수는 모텔에 마나코어 제련기를 들여다 놓고 전원을 연결했다.

츠츠츠츠츠츠……

어차피 숙박비로 돈을 써야 하니 이렇게 마나코어라도 단련시키려는 것이다.

"후후, 좋군."

그는 방에 비치된 컵라면으로 대충 끼니를 때우고 잠에 빠져들었다.

*　　　*　　　*

이른 아침, 화수는 노란색 펜스 앞에 높이 4미터짜리 방수포를 세웠다.

철거로 인한 소음과 먼지를 미연에 방지하는 차원에서 세운 방수포지만, 진짜 목적은 따로 있다.

고철 인형이 마음 놓고 작업을 하자면 사람들의 시선을 피할 필요가 있었던 것이다.

오늘 화수가 데리고 온 고철 인형은 총 네 대다.

세 대는 바퀴에 팔만 달린 원래의 고철 인형이고 한 대는 화수가 며칠 전에 만든 신작이다.

커다란 수레에 바퀴를 네 개 단 다음 마나코어를 연결시켜서 화수를 하루 종일 따라다닐 수 있도록 했다.

1톤 트럭 특장 칸 절반에 버금가는 크기이기 때문에 고철을 떼어내는 즉시 담을 수 있는 편리성을 지녔다.

하지만 팔과 다리가 없어서 물건을 나르는 일이 아니라면 쓸모가 없다는 것이 단점이다.

사방을 모두 차단시킨 화수는 본격적으로 작업을 시작했다.

그 첫 번째 작업은 4층에 있는 쓰레기를 모두 아래로 내리는 것이다.

화수는 건물을 철거하고 남은 알루미늄 철판을 4층 창문에 걸쳐서 곧장 대형 폐기물 처리함으로 들어가도록 했다.

마나코어를 장착한 고철 인형들이 빗자루와 눈삽을 들고 일사불란하게 쓰레기를 한쪽으로 몰아낸다.

슥삭슥삭.

화수는 4층에서 고철 인형들이 폐기물을 치워내면 그 뒤를 따라다니면서 환풍구와 배수관을 떼어내어 밖으로 빼내는 작업을 했다.

치지지지직!

산소용접기가 환풍구를 연결하고 있는 연결 홈을 해체시키면 그 중앙을 망치로 두들겨 떼어내는 방식을 택했다.

쾅, 쾅!

공사용 대형 망치에 맞은 환풍구가 떨어져 내리면서 엄청난 먼지를 일으킨다.

"쿨럭쿨럭!"

재빨리 창문 밖으로 고개를 내민 화수는 연신 코를 풀어댔다.

"킁킁……!"

아무리 풀어내도 코에는 텁텁한 기운이 남는다.

만약 이런 현장에 인부들을 데리고 왔다면 난리를 칠 뻔했다.

그나마 사람이 아닌 고철 인형들이 화수를 따라와 골병들 일은 없을 듯하다.

하지만 정작 문제는 화수 본인이었다.

"…이러다간 내가 먼저 죽겠군."

3층을 먼저 치우고 4층을 작업하는 방법이 있지만, 그렇게 하면 인력이 분산되어 작업이 오래 걸릴 수 있었다.

"뭔가 특단의 조치가 필요하겠는걸."

일단 오늘은 고철을 떼어내는 것보다는 아래로 내려가 잔 폐기물을 삽으로 떠서 통에 담은 쪽으로 가닥을 잡아야 할 것 같았다.

*   *   *

민가에 위치한 철거 현장이기 때문에 늦은 밤에는 제대로 된 작업을 진행할 수가 없다.

고철을 집어 던지고 떨어뜨리는 일이이니만큼 소음이 작지 않았던 것이다.

일과를 마친 화수는 철물점을 찾았다.

"모기장하고 두꺼운 고무줄, 그리고 방진 마스크 하나 주십시오."

"모기장은 얼마나 필요하신데요?"

"한 20㎝면 될 겁니다."

"알겠습니다. 조금만 기다리십시오."

철물점에서 물건을 구입한 화수는 모텔로 돌아와 방진 마스크를 개조했다.

방진 마스크는 일반적인 마스크와는 다르게 먼지를 더욱 효과적으로 막아내는 역할을 한다.

그래서 석면을 치우는 현장이나 미세먼지가 많은 현장에서는 필수적으로 방진 마스크를 하도록 되어 있다.

하지만 그것도 환기가 제대로 되지 않으면 한 번 쓰고 버려야 하는 경우가 대부분이다.

게다가 먼지가 너무 많은 곳에 가면 금방 마스크가 수명을 다해서 있으나마나 한 상황도 발생한다.

방진 마스크는 먼지를 막아주는 안면부와 머리끈으로 이뤄져 있다.

화수는 방진 마스크의 안면부 중앙에 있는 소형 정화통을 떼어내고 그 안에 곱게 갈린 마나코어를 집어넣었다.

마나코어는 대기 중의 산소를 신체에 공급하는 역할을 하는 물질이다.

마나라는 물질 자체가 대기 중에 녹아 있기 때문에 최대한 순수한 공기를 정제해서 공급할 수밖에 없다.

화수는 그 원리를 이용해서 방독면을 만들려는 것이다.

"으음, 조금 작군."

소형 정화통을 떼어내고 마나코어 가루를 채웠더니 마스크의 머리끈이 조금 짧아졌다.

그는 머리끈 부위에 고무를 덧대어 안면부와 얼굴이 밀착될 수 있도록 했다.

화수는 완성된 임시 방독면을 착용해 보았다.

"후욱, 후욱……."

아주 손쉽게 만든 방독면이지만 효과는 최고였다.

쓰는 즉시 방 안의 청량한 공기만 여과되어 폐부로 들어오고 있다.

"이 정도면 하루 종일 작업해도 전혀 이상이 없겠어."

지금까진 여분의 마나코어가 없어서 먼지를 그대로 먹으면서 일했지만 이젠 그럴 필요가 없을 테니 작업 시간은 조금 더 단축될 것이다.

*   *   *

한국의 노동법에는 한 시간 작업에 10분 휴식을 원칙으로 한다는 조항이 있다.

이는 작업의 능률을 올려줄 뿐만 아니라 무리한 작업으로 인한 인명피해를 없애는 데 그 목적이 있다고 할 수 있다.

하지만 화수에겐 그런 법 따윈 필요치 않았다.

새벽 여섯 시부터 시작된 작업은 저녁 일곱 시가 되어서야 슬슬 정리가 되어간다.

"후우, 힘들군."

오늘은 4층에 있는 폐기물을 모두 아래로 내려놓을 수 있었다.

이제는 3층으로 내려가 폐기물을 치우면서 굵직굵직한 고철들을 떼어낼 것이다.

화수는 마스크를 벗고 창문 밖을 내다보았다.

"어이쿠, 벌써 한 가득이네."

폐기물을 치우는 데 들어가는 돈은 화수가 부담하는 것이 아니기 때문에 트레일러를 렌트한다고 해서 손해는 없다.

그는 김철민이 소개시켜 준 렌탈 업체를 찾아갔다.

경리 네 명이 돌아가면서 24시간 자동차를 빌려주는 이곳은 울산에서 가장 큰 렌탈 업체로 알려져 있다.

"무슨 차량이 필요하신가요?"

조금 피곤해 보이는 경리가 화수에게 계약서를 내밀며 묻는다.

"폐기물 처리가 가능한 트레일러를 렌트하고 싶습니다."

"기한은요?"

"두 시간쯤 될 겁니다."

"알겠습니다. 일단 그곳에 인적사항을 적으시고 운전면허증을 끼워주세요."

화수는 회사에서 준 양식에 서명을 하고 자동차 키를 받았다.

"반납은 두 시간 후에 하겠습니다."

"그러세요."

"예, 그럼."

이윽고 자리에서 일어서려던 화수는 한 남자와 어깨가 마주쳤다.

툭.

자리에서 일어서느라 뒤를 보지 못한 화수의 책임이기에

그는 고개를 숙였다.

"미안합니다. 서명을 하느라……."

상당히 후줄근한 작업복을 입은 그는 대수롭지 않다는 듯 고개를 끄덕인다.

"괜찮아요. 가던 길 가시구려."

"그럼 볼일 보십시오."

화수는 자동차 키를 가지고 돌아서서 화물차로 향했다.

공사장에 들어갈 수 있는 키를 화물차에 두었기 때문이다.

자동차 문을 열려던 화수가 잠시 멈추어 섰다.

앞 유리에 한 장의 명함이 붙어 있는 것이다.

[중고차, 폐차 매입합니다. 한성수출상사.]

화수는 명함을 손에 쥐곤 실소를 흘린다.

"하긴 내 차를 보면 그런 생각이 들 만도 하지."

워낙 오래된 모델이라서 시가지를 지날 때마다 주목을 받는 화수의 차다.

수출 상인이 눈독을 들이는 것도 무리는 아니다.

그냥 명함을 버리려던 화수는 명함에 나와 있는 사진을 바라보곤 고개를 갸웃거렸다.

"어디서 본 것 같은데……."

가만히 명함을 바라보고 있던 화수는 방금 전 어깨를 부딪친 사내를 떠올렸다.

"아아, 그 남자였군."

자동차나 부동산에 종사하는 사람들은 명함에 자신의 증명사진을 첨부해서 돌리곤 한다.

그만큼 덤터기를 씌우지 않겠다는 강력한 의지를 내비치는 것이다.

하지만 그런 사람치고 제대로 된 물건을 취급하는 사람은 거의 없다.

"아쉽지만 다른 사람 알아봐야 할 거다."

그는 명함을 구겨 바닥에 내팽개쳤다.

*   *   *

폐기물까지 처리하고 나니 슬슬 시장기가 도는 화수다.

모텔 인근에 있는 식당으로 들어선 화수는 홀로 앉아 식사를 시켰다.

"백반 하나 주십시오."

"네, 잠시만 기다려 주세요!"

울산의 음식은 충청도에서 태어나고 자란 화수에겐 조금 짜고 자극적일 수도 있었다.

하지만 그는 이런 자극적인 음식이 생각 외로 잘 맞았다.

그래서 화수는 아침부터 내리 세 끼를 이곳에서 해결하고 있다.

오늘 백반의 메뉴는 잡어매운탕에 불고기다.

5천 원을 내고 먹는 밥치곤 상당히 호화스럽다고 할 수 있었다.

문득 한술 뜨려던 그는 집에 혼자 있을 지수가 눈에 밟혔다.

그는 당장 그녀에게 전화를 걸었다.

뚜우…….

신호가 가자마자 그녀가 전화를 받는다.

—여보세요? 화수니?

"응, 나야. 밥 먹었어?"

그녀는 화수의 목소리가 무척이나 듣고 싶었던 모양이다.

전화를 받자마자 조금 떨리는 목소리를 낸다.

—먹었지. 넌? 타지에서 밥이나 잘 챙겨 먹고 있는지 모르겠네.

"나야 잘 먹지. 김 사장님이 식비로 돈을 따로 주시거든. 돈을 주는데 밥을 안 먹을 수가 있어야지.

—그래, 그래. 잘했어. 밥은 꼭 챙겨 먹으면서 일해.

지수는 자나 깨나 동생밖에 모르는 동생바라기다.

"집은 어때? 적응이 조금 되었어?"

—좋아. 마당에 이것저것 키울 수도 있고. 근방에 사시는 할머니께서 씨앗을 주셔서 이것저것 심었어. 나중에 열매가 열리면 따서 반찬으로 먹으려고.

두 사람이 나누는 얘기는 지극히 일상적이면서도 별 영양

가가 없다.

그러나 이 별것도 아닌 시간이 쌓여 끈끈한 가족애가 탄생하게 되는 것이다.

하지만 수다도 잠시, 그녀는 이내 전화를 끊으려 한다.

—아무튼 목소리 들었으니 됐어. 어서 밥 먹고 들어가서 쉬어. 전화비 많이 나오겠어.

"하여간 짠순이라니까."

—어떻게 번 돈인데, 한 푼이라도 아껴야지.

만약 그녀가 제대로 된 남자를 만나서 결혼한다면 꽤 알뜰하게 살림을 꾸릴 것이다.

화수는 그녀가 시집을 갈 수 있을 때까지 노력하고 또 노력할 것이다.

전화를 끊고 다시 한술 뜨려는 화수의 곁에 누군가가 다가와 앉는다.

"여기도 백반 하나 줘요!"

"네!"

무심코 고개를 돌린 화수는 자신의 곁에 앉은 사람이 다름 아닌 중고차 수출 상인이라는 것을 알 수 있었다.

"이것 참 인연이네. 아까 봤죠? 렌탈 회사에서."

화수는 어색하게 고개를 끄덕였다.

"아, 예."

그는 화수가 밥을 먹는 내내 곁에 붙어 이런저런 얘기를 늘어놓는다.

"가정도 있는 사람이 왜 이 먼 곳까진 왜 왔습니까? 보아하니 울산 사람도 아닌 것 같은데."

"일당쟁이의 일터에 연고가 어디 있습니까? 그냥 일자리가 생기면 그에 따를 뿐이지요."

"아아, 그렇군요. 방금 전 그 여자는 애인?"

자꾸 개인적인 질문을 하는 그에게 화수는 언짢다는 듯이 말했다.

"…밥 좀 먹읍시다. 왜 이렇게 남의 집안일에 관심이 많은지 모르겠군요."

"하하, 미안합니다! 그냥 이 넓은 식당가에서 아는 얼굴을 만나니 기분이 좋아서 말입니다."

그는 화수에게 명함을 건넨다.

"나는 강한성이요."

쓸데없이 오지랖이 넓긴 하지만 나쁜 사람으론 보이지 않았다.

화수는 떨떠름한 표정으로 명함을 받았다.

"…강화수입니다."

"혹시 중고차 필요하면 연락 주시구려. 내가 싸게 해드릴게."

너스레를 떠는 그에게 화수가 물었다.

"수출상사라고 하지 않았습니까? 그런데 중고차도 취급합니까?"

"물론이지요. 어떻게 수출에만 의존해서 삽니까? 가끔은 맞이 간 엔진을 떠다가 개조해서 팔기도 합니다. 운이 좋아야 가능한 얘기지만."

"엔진을 재생시켜서 판단 말입니까?"

"자동차 검사에만 통과하면 되니까. 참로고 우리는 폐차까지 겸하거든요. 폐차를 하다 보면 쓸 만한 부품이 많이 나옵니다. 그걸 짜깁기해서 팔아먹는 거지."

엔진을 재생시켜서 차를 타고 다니는 것은 화수도 마찬가지다.

하지만 이 사람처럼 전문적인 지식이 있어서 고장 난 자동차의 부품을 끼워 맞춰 만든 것은 아니다.

"자동차에 대해 잘 아시는 모양입니다."

"하하, 내가 원래 1급 정비사 자격증까지 가진 사람이거든. 자동차에 대해선 거의 달인이라고나 할까?"

"근데 왜 수출상사 일을 하는 겁니까?"

그가 어색하게 웃는다.

"뭐… 이 세상에 사연 하나 없는 사람도 있답니까?"

사연 하면 참으로 기구한 화수다.

"하긴……."

두 사람 모두 기구한 사연을 가졌는지 더 이상 인생에 대한 얘기는 하지 않는다.

대신 화제는 차로 돌아간다.

"그나저나 차에 대해선 그쪽도 일가견이 있는 모양인데요?"

"제가 말입니까?"

"아무리 솜씨가 좋은 정비사라도 저렇게 차를 완벽하게 고칠 수는 없거든요."

"그건… 우연히 상태가 좋은 차를 골랐을 뿐입니다."

"에이, 우리 이러지 맙시다. 도대체 어떤 미친 상사가 40만㎞를 넘게 운행한 차를 수리해서 팝니까? 그 정도 수리 견적이면 차라리 정부에서 지원금을 받아서 폐차시키는 편이 나을 것인데."

화수는 차의 운행 거리까지 알아맞힌 그의 눈썰미에 놀랐다.

"…운행 거리를 어떻게 알았습니까?"

"아무리 차를 완벽하게 수리해도 외관에 남아 있는 잔재는 거짓말을 못해요. 자동차 카울은 세월에 가장 민감하거든."

그는 화수의 화물차 겉면만 보고 운행 거리를 알아맞힌 것이다.

'이 사람, 진짜 정체가 뭐야?'

언뜻 보기엔 30대 초반에서 중반쯤으로 보이는데 말하는 것은 거의 자동차 명장 수준이다.

"뭐, 저마다 나름대로의 노하우는 공개하기 어려운 법이니

껄끄러우면 더 이상 묻지 않겠습니다."

너무 놀라서 말문이 막혀 버린 화수를 보고 그는 그저 입을 닫아버렸다고 여기는 모양이다.

"에이, 그렇다고 너무 정색할 필요는 없잖습니까? 내가 여기서 반주 한 잔 살 테니 푸세요. 이모, 여기 소주 하나 줘요!"

화수는 조금 멍해진 얼굴로 그와의 술자리에 동참했다.

*　　　*　　　*

타지에서 생판 모르는 남과 술을 마신다는 것은 상당히 드문 일이다.

더군다나 화수의 전문 분야가 아닌 자동차의 숨은 명인과의 술자리라니, 세상 참 오래 살고 볼 일이라는 생각이 드는 화수다.

일찍부터 현장에 나가봐야 하는 화수지만 오늘은 특별히 9시까지 시간을 내기로 했다.

강한성이 늘어놓는 얘기가 생각보다 흥미로웠던 것이다.

"이 자동차 수출이라는 것이 생각보다 돈이 많이 남는단 말입니다. 운만 좋으면 한국에서 20만 원을 남길 것을 50만 원도 더 남길 수 있습니다. 자동차 수출에 대한 법률이 그만큼 타이트 하지 않거든요. 도난 차량이나 근저당 차량만 아니라면 수출하는 데 전혀 문제가 되지 않습니다."

"으음, 꽤나 고부가가치 산업이군요."

"그렇지요. 하지만 이 업계로 수지가 잘 맞으면 많이 벌고 그렇지 못하면 쪽박 찬다는 것을 알아야 합니다. 나처럼 괜히 문제 차량을 외국으로 빼돌렸다가 걸리면 깡통 찰 수도 있다는 것을 알아야 해요."

그는 국가공인 1급 정비사로 중학교 때부터 자동차를 배웠다고 한다.

게다가 대학까지 기술대학을 나와서 자동차 1급 정비사 자격증까지 취득했다.

하지만 세상을 겪다 보니 돈이 더 되는 쪽으로 발을 담근 것이다.

"사람의 욕심이라는 것이… 끝이 없더라고요."

"두 배 남는 장사에 혹하지 않을 사람이 어디 있습니까? 다 그런 거지."

"후후, 그렇게라도 이해해 주니 고맙네요."

그는 지금 자신이 하고 있는 사업에 대해 설명했다.

"이제는 불법에서 손을 뗐습니다. 그냥 폐차 직전의 자동차를 사다가 수리해서 외국에 내다 파는 거죠. 이 업계가 박리다매 식으로 차를 막 퍼다가 파는 것이라서 물량 확보가 조금 힘듭니다. 많이 떼다가 팔수록 이득이 남는 것이라서 하루가 멀다 하고 돌아다니고 계약을 해야 하지요. 더군다나 등록 말소 같은 절차도 밟아야 하고요. 여간 피곤한 것이 아닙니다."

피곤해도 돈이 된다면 해볼 만한 장사다.

화수는 조금 더 얘기를 들어보기로 했다.

"가장 중요한 건 인기 차종을 잘 알아야 한다는 겁니다. 우리나라에서 인기가 없는 차종도 외국에선 꽤 잘 팔리는 경우가 많거든요. 그래서 이 장사를 하려면 현지에 대한 지식도 해박해야 합니다."

"그럼 당신은 다른 나라에 대한 지식이 풍부하겠네요. 오래도록 이 일을 했다면서요."

"그렇다고 봐야죠. 날린 돈만 아니면 나도 꽤나 잘나가는 업자가 되었을 겁니다."

"인생이 파도 아니겠습니까? 언젠가는 또 오르겠죠."

"후후, 그렇겠죠?"

오지랖이 넓은 강한성 덕분에 화수는 좋은 정보를 얻은 셈이다.

이윽고 화수는 자리에서 일어섰다.

"내일 일이 있어서 일어나야겠습니다."

강한성이 아쉬운 표정을 짓는다.

"벌써 일어납니까?"

"어쩔 수 없지요. 내일 일이 있는데."

"하긴."

"기회가 된다면 대전으로 올라가기 전에 술이나 한잔하시죠. 그땐 제가 한잔 사겠습니다."

"하하, 그럽시다!'

외지에서 뜻밖의 인연을 만난 화수다.

＊　　　＊　　　＊

스쳐 가는 인연이라도 인맥은 인맥이다.

렌트를 하느라 시간을 잡아먹는 화수에게 강한성이 도움을 주기로 한 것이다.

강한성은 자신의 폐차장에서 수출용으로 정비한 차량을 화수에게 싼값에 빌려주기로 했다.

"이렇게 막 빌려줘도 됩니까?'

그는 대수롭지 않게 답했다.

"차를 팔았다가 갑자기 결함이 생기면 큰일입니다. 테스트한다고 생각하시면 편할 겁니다."

실험용 kk마우스 신세라도 싸게 차를 렌트하면 그만큼의 차액은 화수가 챙긴다.

화수는 이렇게 해서 남긴 돈으로 강한성에게 술을 살 생각이다.

자동차 수출에 관한 얘기를 조금 더 듣고 싶었다.

차를 가져다주기 위해 현장을 찾은 강한성은 이내 돌아선다.

"저는 이만 갑니다. 일이 끝나면 차는 저희 업장으로 가지고 와주시면 됩니다."

"네, 알겠습니다."

어차피 다시 만날 땐 술이나 한잔하자는 의미로 차를 놓고 오라는 뜻이다.

화수는 그 제안에 흔쾌히 응했다.

일주일 후, 기한 내에 작업을 끝낸 화수의 숙소에 김철민이 방문했다.

"이야, 역시 화수 자네는 대단하단 말이야. 보름 안에 그 현장을 마무리 짓기가 쉽지 않았을 텐데 말이지."

"별말씀을요."

기분이 좋아진 김철민이 화수에게 두툼한 봉투를 건넨다.

"빨리 끝내줘서 내가 성의로 조금 더 넣었어."

"이러지 않으셔도 되는데 말입니다."

"에이, 사람이 그러면 쓰나? 다음 현장도 화수 자네가 맡아줘야 하는데."

"저, 정말이십니까?"

"자네만큼 일을 하는 사람이 없어. 그러니 다른 사람을 쓸 이유가 없지."

"감사합니다!"

"하하, 감사는 무슨. 감사는 내가 해야지. 이번 일은 정말

고맙게 되었어."

　말도 안 되게 엮인 덕분에 고정적인 일거리가 생긴 화수다.

　이번에 그는 제대로 술을 한잔 사야겠다고 마음먹었다.

9장

뜻밖의 실험

대전 문화동에 위치한 충남대학병원.

화수는 음료수 바구니를 들고 3층 병실로 향했다.

화수가 없는 살림에 음료수 바구니까지 준비한 것은 입원한 사람이 김철민 사장이기 때문이다.

바로 어제 경부고속도로를 타고 서울로 향하던 김철민 사장이 가드레일을 들이받는 사고를 당한 것이다.

가드레일을 들이받고 무려 20바퀴나 회전한 김철민의 차량은 완파. 하지만 다행히도 그의 건강에는 큰 이상이 없었다.

종아리뼈 골절로 입원 치료를 해야 하는 상황이었으나 사고의 규모에 비해선 경미한 정도라고 해야 할 것이다.

똑똑.

"계십니까?"

노크를 하고 문을 열어보니 병상에 누워 있는 김철민이 보인다.

"화수 왔는가?"

다소 수척해진 김철민은 화수를 보자마자 멋쩍은 미소를 짓는다.

"무슨 좋은 일이라고 여기까지 찾아온 건가?"

"그래도 그런 큰 사고를 당하셨는데 당연히 와봐야지요."

"이것 참, 이런 불미스러운 일로 자네를 보게 되니 정말이지 면목이 없네."

"아닙니다. 사고가 어디 예고하고 찾아오던가요?"

"그렇게 이해해 주니 내가 참 고맙네."

이윽고 그는 화수에게 보조 의자를 내어준다.

자리에 앉은 화수는 사고의 경위에 대해 물었다.

"그나저나 사고는 어떻게 하다 발생한 겁니까?"

"엊그제 중학교 동창들이랑 술을 한잔했거든. 그 여파가 어제까지 남아 있었던 모양이야. 깜빡 졸았다 싶었는데 이내 차가 가드레일을 들이받았더라고."

"저런……."

"이렇게나마 살아 있는 것이 다행이지. 보험회사에서도 이 정도 규모의 사고가 났는데도 불구하고 이렇게 멀쩡하게 살아 있는 경우는 처음이라고 하더군."

"천우신조군요."

"아마 이것으로 내 평생 운은 다한 것 같아."

"평생의 운을 다 써도 목숨을 부지한 것이 어디입니까?"

"후후, 그러게."

김철민은 자신의 사물함 위에 올려 있는 스마트키를 바라보며 고개를 가로젓는다.

"이젠 자동차 키만 봐도 울렁증이 일어."

흔히 큰 사고를 당하면 운전대를 쳐다보기도 싫어진다고들 한다.

아마 김철민이 딱 그런 상황이 아닐까 싶다.

"그나저나 차는 어떻게 하셨습니까? 보험회사에서 수리를 해준다고 해도 돈이 꽤 나올 텐데요."

"운전자보험에 자차보험까지 들어서 방어는 했어. 지금 타는 차는 폐차하고 같은 차종을 구매해 주는 조건으로 합의를 봤지."

"그렇게 상태가 심각했습니까?"

"엔진룸만 간신히 살아 있는 상태라고나 할까? 보닛은 물론이고 휀더까지 파손되었어. 차량 후미는 트렁크까지 날아갔고."

"으음, 그런 상황이라면 차라리 중고차 구매가 낫겠군요."

"보험회사도 수리비용보다 중고차 구매가 낫겠다 싶었나 봐. 나에게 수리 대신 구매가 어떠냐고 묻더라고. 그래서 알겠다고 했지."

"잘됐군요."

"그러게 말일세. 그래서 말인데, 혹시 폐차 쪽으로 아는 사람 있나?"

"폐차요?"

"지차를 폐차해서 나온 돈은 내가 갖는 것이거든. 기왕이면 조금이라도 더 받고 팔고 싶어서 말이지."

화수는 그의 차종에 대해 물었다.

"사장님께서 타시던 차종이 무엇이지요?"

"벤X사에서 나온 s600이네. 06년 식이지만 어지간한 옵션은 다 있어."

회사의 규모가 제법 큰 김철민이기에 차량의 규모 역시 최고급이다.

"차량을 매각한다고 알아보신 적은 없으십니까?"

"대부분 300만 원 안팎으로 보고 있더군. 멀쩡한 부품이 남아 있어서 그나마 조금 높게 잡은 거라고 하더라고."

수입차 폐차 기준은 부품을 얼마나 살릴 수 있느냐에 따라 달려 있다.

아마도 김철민이 사고를 낸 차량은 그나마 쓸 만한 부품이 많이 남아 있는 모양이다.

"으음, 300만 원이라……."

화수는 자신이 지금 사용할 수 있는 돈이 얼마나 되는지 가늠해 보았다.

그리고는 자신 있게 말했다.

"20만 원 더 쳐드릴 테니 저에게 파시지요."

"화수 자네에게?"

"기왕이면 돈을 더 드리고 싶습니다만, 제가 아직 그런 여유까진 없네요."

그는 고개를 가로저었다.

"아닐세. 20만 원이라도 그게 어디인가? 자네에게 팔겠네."

"감사합니다."

김철민은 폐차장을 운영하는 사람이 아닌 화수가 물건을 산다는 말에 고개를 갸웃거린다.

"그나저나 이 물건은 사서 무엇에 쓰려는 건가? 자네는 그냥 고철을 수집하는 고물상 사장이 아닌가?"

"쓸모가 많을 것 같아서 말입니다. 멀쩡한 부품은 떼어서 팔고 나머지는 고철로 팔면 이득이 되지 않겠습니까?"

김철민이 작게 고개를 끄덕인다.

"그렇군. 아무튼 알겠네. 차는 우리 회사 마당에 있으니 가지고 가게. 차 값은 경리에게 지불하면 되고."

"예, 알겠습니다."

화수는 트럭을 몰고 김철민의 회사로 향했다.

*　　　*　　　*

막상 완파된 차량과 마주하고 보니 사태가 훨씬 더 심각하다는 것을 알 수 있었다.

"이런 경우를 두고 산산조각이 났다고 하는 모양이군."

보닛이 V자로 접혀 원래의 형태는 찾아볼 수 없었고, 뒷면 역시 흉측하게 뭉그러져 다소 괴기스러움까지 자아내고 있다.

화수는 그마나 가장 멀쩡한 조수석 문을 열어 차량 내부를 살폈다.

차창이 모두 깨져 남아 있는 창문은 없고 시트 이곳저곳에 유리 파편이 박혀 있다.

그나마 운전석의 계기판과 핸들은 원래의 모습 그대로 유지하고 있었다.

지수는 화수가 가지고 온 차를 바라보며 고개를 갸웃거린다.

"무슨 차가 이렇게 심하게 망가졌어? 찌그러뜨려서 철강상사에 넘기게?"

화수는 고개를 가로저었다.

"아니, 고쳐서 팔 거야."

"뭐? 이걸 고쳐서 판다고?"

"만약 이걸 제대로 수리해서 팔면 중고차 시장에선 천만 원 넘게 받을 수 있을 거야."

"하지만 이렇게 무지막지하게 망가진 차를 무슨 수로 고쳐? 말도 안 되는 소리지."

그는 자신감 넘치는 소리로 답했다.

"가능해. 난 완벽하게 고칠 수 있어. 만약 그렇게 된다면 우리 살림살이에 많은 도움이 되지 않겠어?"

"그, 그렇긴 하지만……."

아마도 그녀는 화수의 이런 호언장담이 도무지 말도 안 된다고 생각하는 모양이다.

제아무리 실력이 좋은 화수라고는 해도 이렇게 완벽하게 파손된 차를 고치는 것은 능력 밖이라고 생각한 것이다.

"한 3주면 수리가 가능하겠어."

그녀는 낮게 한숨을 내쉰다.

"후우, 그래, 네가 한다면 말리지는 않을게."

"두고 봐. 내가 이걸 고쳐서 팔고 말 테니까."

화수는 다시 자동차를 고물상으로 옮겨 본격적으로 수리에 들어갔다.

차를 수리함에 있어 가장 기본적인 일은 차체와 차량의 하체를 분리하는 것이다.

사고로 인해 구겨진 겉면을 수리해야 제대로 된 값을 받을 수 있기 때문이다.

지이이이이이잉!

화수는 차량을 조립된 역순으로 해체하기 시작했다.

차량의 외형을 지지하고 있는 철판을 조인 나사와 볼트를 풀어내 엔진룸과 전면을 분리시켰다.

막상 철판을 뜯어내고 나니 차량의 속사정이 그대로 드러난다.

"라디에이터와 엔진룸 일부가 터졌구나. 흐음, 생각보다 더 심각하네."

아무래도 이 차량을 수리하자면 3주로는 시간이 모자랄 수도 있겠다고 느끼는 화수다.

현재 마나 용광로의 가동 범위로는 도저히 자동차를 짧은 시일 내에 수리할 수가 없었던 것이다.

하지만 이미 차량을 구매했으니 되든 안 되든 시도는 해봐야 할 것이다.

그는 가장 먼저 파손된 부품 먼저 차례대로 수리하기 시작했다.

완파된 차를 복원하는 데 엄청난 시간이 걸리지만, 중요한 것은 그것뿐만이 아니었다.

고무와 실리콘같이 쇠붙이가 아닌 경우엔 복원이 아예 불가능하다는 것이 문제였다.

철이 마모된 곳을 마법으로 채운다는 것이 외형 복원의 기본 틀인 만큼 물렁물렁한 재질은 아예 담금질 자체를 할 수 없었던 것이다.

그리고 또 하나의 문제, 사고로 인해 부품이 날아가 버린 자리엔 도대체 어떤 부품이 들어가는지 알 수가 없었다.

자동차에 대한 지식은 서적으로 채울 수 있지만 s600에 대한 지식은 화수에게 전무했던 것이다.

그는 자동차 전문가인 강한성에게 도움을 청하기로 했다.

화수는 울산에서 공주로 대량 매입 차 출장을 온 강한성에게 술자리를 제안했다.

안 그래도 언젠가 한 번쯤은 술자리를 갖기로 했던 터라 강한성은 흔쾌히 그의 제안을 수락했다.

그리하여 마련된 술자리는 공주의 고속버스터미널 근처 포장마차에서 이뤄졌다.

강한성은 화수의 말을 전해 듣고는 아주 간단명료하게 해답을 제시했다.

"차량이 완파되거나 엔진이 수명을 다하게 되면 대부분 폐차를 합니다. 그런 차들은 제 창고에도 꽤 많습니다."

"s600의 부품도 있습니까?"

"수입자는 폐차되는 물량이 그리 많지 않아서 구하기 쉽지는 않습니다만, 불가능하지는 않죠."

수입차의 부품은 신제품으로 사용하기 힘들 정도로 가격이 비싸다.

더군다나 연식이 조금 지난 차량은 더더욱 부품을 구하기가 힘들었다.

"06년 식이라……. 일단 소모품이 아직 남아 있는 차량이 있는지 확인해 봐야 할 것 같군요. 아무리 폐차를 할 정도로 심각한 상태의 차량이라고는 해도 소모품까지 닳아 없어지지는 않으니까요."

"그렇게 신경을 써주신다니 감사할 따름입니다."

"후후, 뭘요. 공짜로 준다는 것도 아니고 돈을 주고 파는 건데."

"그래도 신경을 써주신다는 것 자체가 어디입니까?"

"대신 이렇게 술을 얻어 마시고 있지 않습니까? 그거면 됩니다."

처음엔 조금 귀찮던 강한성이지만 생각보단 사람이 괜찮은 듯하다.

술잔을 다시 한 번 비워낸 강한성은 화수에게 지금 고치고 있는 차량의 문제점에 대해 설명했다.

"그런데 말입니다, 지금 고치고 있는 차량이 완성 단계에 이른다고 해도 문제가 있습니다."

"문제요?"

"사고 차량은 시중에서 잘 안 팔린다는 겁니다. 더군다나 차량 검사를 통과하기도 힘들고요. 그래서 사고가 심하게 난 차량은 수리보다 폐차를 시키는 겁니다. 그렇게 수리비를 많이 들여서 고쳐도 제값에 팔기가 힘들기 때문이죠."

"으음……."

"만약 팔 수만 있다면 이천만 원을 호가할 수도 있습니다만, 그건 어디까지나 구매자가 나타났을 때의 얘기입니다. 수리를 다 마쳐도 어려울 수 있어요."

"그럼 자동차 상사에서도 제 차를 받아주지 않을 수도 있다는 소리군요."

"그럴 가능성이 높지요. 아무리 차를 싸게 사와도 문제가 된다면 손해를 보는 것이 상사니까요."

문제점을 지적하고 난 뒤엔 곧바로 희망적인 얘기로 화제를 바꾸는 강한성이다.

"하지만 수리만 가능하다면 꽤나 해볼 만한 장사긴 하지요. 출고가가 1억이 넘는 차이기 때문에 아직도 찾는 사람이 많습니다. 그만큼 s600은 명차거든요."

"수리가 쉽지만은 않습니다. 꽤나 구조가 복잡하더라고요."

그는 화수를 자신의 폐차장으로 초대했다.

"s600은 물론이고 꽤 많은 종류의 차가 있습니다. 와서 직접 보고 벤X의 차량 특성은 어떤지 파악해 보시지요."

"그래도 괜찮겠습니까?"

"물론이지요. 보여주는 데 돈이 드는 건 아니니까요."

강한성은 화수의 천재성을 일찌감치 알아본 사람이다.

직접 차를 고쳐줄 수도 있지만 그의 천재성이라면 충분히 구조를 파악할 수 있을 것이라 생각한 것이다.

"이번 주중에 부산으로 출장을 가기로 했습니다. 그때 한 번 찾아뵙도록 하겠습니다."

"물론 견학이 끝나면 술 한잔 사야 하는 건 알고 계시겠지요?"

"하하, 당연한 말씀을."

두 사람은 다시 한 번 잔을 비웠다.

*　　　*　　　*

김철민의 다리가 부러지긴 했어도 회사는 잘 돌아갔다.

화수는 이번엔 부산 도심인 서면에 위치한 상가를 철거하는 일을 맡았다.

이번 공사는 1층 높이의 건물로 그렇게 큰 규모는 아니었다.

하지만 도심 한복판에 위치하고 있어서 작업에 제한이 있다는 것이 문제였다.

김철민은 부러진 다리를 이끌고 회사로 출근해 화수에게 직접 유의사항을 전달했다.

"공사를 최대한 빨리 마치는 것이 중요해. 안 그래도 주변 상가에서 공사 때문에 시끄럽다고 클레임이 들어오고 있거든. 앞으로 내가 리모델링까지 끝내자면 한시가 급해."

"며칠이나 주실 수 있습니까?"

"나흘 안에 끝내줄 수 있겠나?"

화수는 조금 더 시간을 앞당기기로 했다.

"삼 일 안에 끝내겠습니다. 대신 야간작업을 진행할 수 있도록 원 건물주에게 양해를 구해주십시오."

공사 기간이 줄어들면 김철민에겐 무조건 좋은 일이다.

"알겠네. 건물주에게 말해서 주변 상가에 양해를 구할 수 있도록 하겠네."

"그럼 예정대로 지금 출발하겠습니다."

김철민은 출발하려는 화수에게 흰색 봉투를 하나 건넨다.

"이게 뭡니까?"

"부산으로 내려가는 경비일세. 저번 출장 때 자네에게 기름값을 주지 않았더군."

"기름값은 이미 경비로 청구했습니다만."

"받게. 사람이 할 도리는 하고 살아야지."

어차피 경비는 따로 청구할 테지만, 굳이 화수에게 따로 돈을 찔러주는 김철민이다.

그만큼 김철민이 화수를 아낀다는 말이기도 하다.

"악어와 악어새의 관계에서 악어가 음식물을 충분히 제공

하지 않으면 악어새가 뭐라고 생각하겠나?"

"안 그래도 덕분에 일거리를 얻고 있는데, 뭐라고 감사를 드려야 할지 모르겠군요."

김철민은 고개를 가로젓는다.

"그저 지금처럼만 일해주면 된다네."

"최선을 다하겠습니다."

이윽고 김철민은 그에게 명함을 몇 장 건넨다.

"그리고 말인데, 내가 자네 얘기를 했더니 쓰고 싶다는 사람들이 생겼어. 나에게 자네를 소개시켜 달라고 부탁하더군."

"철거를 해야 하는 사람들이 꽤나 있는 모양이군요."

"큰 회사에 시공을 맡기면 편하긴 해도 돈이 꽤 많이 들어가거든. 놈들은 공사 견적에 경비까지 청구하고 심지어는 고물까지 가져가니까. 하지만 자네는 다르지 않나?"

역시 낮은 가격에 고물만 받고 철거한다는 것이 상당한 경쟁력으로 다가온 모양이다.

"아무튼 가는 길에 연락을 한번 해주게. 내가 부탁을 받아놔서 말이야."

"예, 알겠습니다. 말씀 감사합니다."

"별말씀을."

역시 성실하게 일하는 자에겐 기회가 찾아오는 법이다.

그는 내려가는 길에 네 장의 명함에 나와 있는 전화번호로 전화를 걸었다.

＊　　　＊　　　＊

김철민에게 받은 일거리만 해도 한 달에 네 건이 넘는 상황에서 크고 작은 의뢰가 네 건이나 더 들어왔다.

처음엔 아르바이트 식으로 시작한 철거가 이제는 주업이 될 판이다.

때문에 굳이 서비스정신이 아니더라도 현장을 빠르게 정리할 수밖에 없었다.

끊임없이 이어진 연구 덕분에 다리가 달린 고철 인형을 만들어낸 화수는 여섯 대의 고철 인형을 현장에 투입시켰다.

척척척척!

하지만 아직까지 직립보행이 가능한 고철 인형을 만들어내긴 무리였고, 네 개의 다리로 걸어 다니는 정도였다.

게다가 마나코어 역시 두 배로 들어가는 바람에 하루에 세 번씩 마나코어를 교체해야 하는 부담이 생겼다.

그러나 다리가 달린 만큼 계단을 오르내리거나 장애물을 넘어 다니는 일이 가능해졌다.

슥삭슥삭!

빗질을 하면서 쓰레기를 포대에 담아서 옮기는 것도 이제는 가능하다.

덕분에 화수는 마법 방독면을 쓰고 온전히 시설물 철거에만 집중할 수 있게 되었다.

고철 인형들이 청소를 하는 동안 화수는 며칠 전에 개발한 마법용접기를 조립했다.

원래 산소용접기는 거대한 산소통에 고무관을 연결해서 불꽃을 만들어내는 방식이다.

그렇기 때문에 걸어 다니는 내내 산소통을 질질 끌고 다녀야 하며, 잘못하면 산소통이 폭발해서 부상을 입을 수도 있었다.

그런 문제점들을 보안한 것이 바로 이 마법용접기다.

마법용접기는 산소통 대신 룬어로 된 마법진을 설치해서 불을 만들어내는 방식이다.

파이어볼의 발동어가 적힌 마법진에 마나코어를 장착시켜서 지속적으로 불꽃을 만들어낼 수 있다.

거기에 용접기 끝에 압력을 가하는 중력 마법 디그리웨이즈의 룬어가 적힌 마법진을 설치해서 불꽃을 얇고 강하게 만들었다.

때문에 일반적인 산소용접기보다 훨씬 더 강력한 힘을 가졌으면서도 폭발의 위험이 전혀 없는 안전성을 갖게 되었다.

또한 산소통을 짊어지고 다닐 필요가 없으니 작업 능률이 훨씬 더 향상되었다.

알루미늄 합금으로 된 용접기 손잡이에 룬을 장착시킨 화수는 마나코어를 접촉시켰다.

딸깍.

이윽고 룬어가 적힌 마법진에 마나코어가 닿자 불길이 일기 시작한다.

슈아아아아악!

새빨간 파이어볼 불꽃에 디그리웨이즈가 만나면서 보라색의 얇은 불꽃이 만들어졌다.

이젠 이것을 철에 가져다 대면 순식간에 연결고리가 녹아 떨어져 내릴 것이다.

치지지지지직!

화수의 주변으로 엄청난 양의 불똥이 튀면서 마치 폭죽놀이를 연상시키는 장면이 연출되었다.

산소용접기의 약 다섯 배에 달하는 온도를 가진 마법용접기이기 때문에 작업 시간도 다섯 배나 단축된다.

"고철 덩어리가 떨어진다! 모두 피하도록!"

화수의 명령을 받은 고철 인형들이 건물의 가장자리로 달려간다.

철컥철컥!

고철 인형들은 다리가 네 개인지라 움직임이 조금 둔하다. 때문에 미리 명령을 내리지 않으면 고철에 깔릴 수도 있었다.

콰앙!

육중한 무게의 환풍구가 떨어져 내렸다.

화수는 자욱한 먼지 사이로 환풍구의 상태를 확인해 보았다.

"꽤나 값이 나가겠군."

알루미늄과 같은 고급 광물은 값이 상당히 많이 나가는 편이다.

만약 이런 환풍구를 몇 개만 더 떼어낸다면 오히려 작업 수당보다 짭짤할 수도 있었다.

그는 자신이 떼어내야 할 환풍구 개수를 세어보았다.

"총 네 개라……. 힘에 붙이긴 하겠구나."

이 많은 것을 삼 일 안에 끝낸다는 것이 쉬운 일은 아니겠지만 그만큼 돈은 된다.

화수는 계속해서 작업을 이어나갔다.

*　　　*　　　*

초저녁, 이제 슬슬 땅거미가 지고 있다.

출장으로 집을 비운 화수를 대신해 고물상을 지키고 있던 지수는 지는 해를 바라보며 생각에 잠겼다.

"밥은 잘 챙겨 먹고 있겠지?"

앉으나 서나 화수에 대한 걱정으로 하루를 보내는 지수다.

이제 슬슬 그녀 역시 저녁 식사를 챙겨 먹기 위해 부엌으로 향했다.

집을 옮기긴 했지만 아직도 고물상에는 간단한 취사도구와 이부자리가 있다.

그래서 이곳에서 생활하면서 지내자고 마음먹는다면 자취도 가능할 정도이다.

그녀는 사랑의 도시락과 며칠 전에 끓인 된장찌개로 저녁상을 차렸다.

그런데 먹는 사람은 혼자인데 수저와 국그릇을 한 벌 더 놓았다.

"아참, 오늘은 화수가 없구나."

2년이라는 시간 동안 항상 혼자서 밥을 먹던 그녀이건만 오늘따라 쓸쓸함을 느낀다.

당장 수저와 국그릇을 치우고 혼자서 저녁을 먹으려는데 인기척이 들린다.

똑똑똑!

"계십니까?"

그녀는 대문을 열지 않은 채로 물었다.

"누구세요?"

"얼마 전에 명함을 건네 드린 공형진이라고 합니다!"

공학박사라면서 화수에게 명함을 전달해 달라고 부탁하던 중년인이 틀림없었다.

지수는 빠끔히 문을 열어 고개를 내밀었다.

"지금은 제 동생이 출장 가서 고물상에 없어요. 그러니 다음에 다시 오세요."

"언제쯤 만날 수 있을까요?"

"삼 일 정도 걸린다고 했으니 그때쯤 오겠죠. 그때 다시 오세요. 그럼……."

아직 그가 정확히 누구인지도 모르는데 문을 열어줄 수는 없었다.

하지만 그는 필사적으로 그녀를 붙잡는다.

"아, 알겠습니다! 그럼 제가 이곳에 다녀갔다는 것만큼은 꼭 전해주십시오! 부탁합니다!"

"그렇게 할게요. 그러니 오늘은 이만 돌아가 주세요."

"자, 잠깐만요!"

그는 지수에게 팸플릿을 하나 건넨다.

"이번 주 일요일에 있을 세미나 초대장입니다! 이것을 좀 전해주십시오!"

지수는 도대체 이 사람이 왜 이렇게 화수에게 집착하는지 알 수가 없었다.

"공학박사라는 분께서 도대체 우리 화수에게 왜 이렇게 관심을 갖는 것인지 모르겠네요."

그는 답답하다는 듯이 말했다.

"동생께서 이 분야에 천재라는 사실을 모르고 계십니까?"

"천재요?"

"적어도 제가 본 사람 중에선 단연 최고였습니다."

그녀는 연신 고개를 갸웃거렸다.

"…그럴 리가 없는데. 우리 화수가 손재주가 좋긴 하지만 천재 소리를 들을 정도로 뛰어난 아이는 아니라서요."

"그건 당신께서 동생에 대해 잘 모르고 하는 말씀입니다."

적어도 화수에 대해선 아주 사소한 것까지 모두 알고 있다고 자부하는 지수에게 화수를 모른다는 말은 있을 수 없는 일이었다.

"뭔가 착오가 있는 것 같네요. 제가 화수에 대해 모르는 것이 있을 리가 없잖아요?"

"아니요. 분명 있습니다. 당신 동생은 제 명예를 걸고 장담할 수 있는 인재입니다. 이런 곳에서 세월을 낭비할 사람이 아니란 말입니다."

생전 처음으로 듣는 얘기에 그녀는 급기야 그를 의심하기까지 했다.

"혹시라도 다단계를 하시는 분이거나 사기를 치려는 것이라면 번지수를 잘못 고르셨네요."

"아, 아니, 그게 아니고……!"

"이만 돌아가 주세요. 그럼……."

"이봐요, 아가씨!"

쾅!

대문을 굳게 닫아버린 그녀는 곧장 밥상 앞에 앉았다.

"흥! 이상한 아저씨 같으니라고!"

동생이 천재라는 말은 듣기 좋지만 그에 대해 모르는 것이 있다는 것은 도저히 용납할 수 없었다.

그녀는 명함과 팸플릿을 꼬깃꼬깃하게 구겨서 쓰레기통에 버렸다.

* * *

3일간의 작업이 끝나고 난 후 화수는 곧바로 부산 서면에서 김철민과 만남을 가졌다.

화수가 작업을 끝내는 동시에 인테리어 시공에 들어가자면 시간이 촉박했던 것이다.

"깔끔하군. 역시 자네에게 맡기길 잘했어."

그는 화수가 철거한 현장을 둘러보며 만족스럽게 웃는다.

"수고했어. 수당은 계좌로 입금했네."

"감사합니다."

"하하, 감사는 무슨. 이렇게 빨리 작업을 끝내주니 내가 더 고맙지."

먼지 하나 없이 깔끔하게 내부 시설을 철거한 화수 덕분에 예정보다 공사가 일찍 진행될 수 있을 듯했다.

"일을 하는 동안 문제가 생기지는 않았지?"

"물론입니다. 몇몇 업주가 가끔 곱지 않은 시선으로 보긴 했습니다만, 그렇게 큰 문제는 발생하지 않았습니다."

"그래, 잘했네."

김철민은 이번에도 화수에게 흰색 봉투를 따로 챙겨준다.

"올라가는 길에 밥값이라도 하게."

"매번 이렇게 받으면 죄송해서……."

"아닐세. 다 줄 만하니까 주는 거야. 어서 받게."

추가 수당으로 10만 원이나 되는 돈을 더 받은 화수는 그에게 꾸벅 고개를 숙였다.

"감사합니다!"

"다음번엔 조금 더 챙겨줄 테니 앞으로도 열심히 해주게."

"예, 알겠습니다!"

한껏 기분이 좋아진 화수는 장비를 챙겨 울산으로 향했다.

강한성이 운영하는 수출상사에 들어선 화수는 직접 폐차가 되고 있는 s600을 눈으로 관찰할 수 있었다.

"지금 보고 계신 것이 06년 식입니다. 수리하고 있다는 차와 동일한 차종이지요."

"흐음, 그렇군요."

필요한 부품은 모두 떼어내고 쓸모없는 부분은 압축해서 고철 덩어리로 만들 것이다.

화수는 차체를 드러내고 하체를 분리시킨 차를 자세히 살폈다.

"소모품은 닳아서 그 형체를 알아보기 힘든 경우가 많습니다. 또한 사고로 인해 부품이 사라지면 상당히 골치가 아프지요."

엔진에 치명적인 결함이 발견되어 폐차가 결정된 차지만 갖추어야 할 부품은 대부분 갖추고 있었다.

화수는 그제야 자신이 수리할 수 없던 부분에 대해 깨달았다.

"과연 눈으로 직접 보는 것이 빠르군요."

"이제야 어떤 부품이 필요한지 아시겠지요?"

"네, 그러네요."

그는 자신이 필요로 하는 부품을 직접 집어 들며 가격을 물었다.

"제가 필요한 것을 모두 구매하려면 가격이 어떻게 되겠습니까?"

다른 것은 몰라도 자신의 일에 대해선 상당히 칼 같은 강한성이다.

"적어도 150은 주셔야 할 것 같네요."

화수가 구매하고자 하는 것은 시중에서도 쉽사리 구할 수 없는 물건들이다.

강한성의 입장에서는 아주 적당한 가격을 제시한 것이지만 화수의 입장에서는 상당히 저렴하게 끝을 맺은 셈이다.

"좋습니다. 150만 원에 구매하지요."

"물건은 직접 가지고 가실 건가요?"

"네, 제가 차에 실어서 대전까지 갈 겁니다."

"알겠습니다. 준비해 드리지요."

강한성에게 부품을 구매한 화수는 곧장 대전으로 향했다.

*   *   *

폐차 직전의 고급 세단을 구매하고 난 지 2주일이 지났다.

필요한 부품을 모두 중고로 구매한 화수는 문제가 되었던 부분을 모두 수리할 수 있었다.

이제 남은 것은 자동차의 외형을 완벽하게 복원하는 것이다.

화수는 마나 용광로의 크기를 조금 더 크게 만들어서 완파된 강판을 복원시키는 작업을 진행했다.

츠츠츠츠츠츠……

드럼통을 반으로 쪼개고 그것을 세 개 연속으로 이어 붙여서 강판이 들어갈 수 있는 충분한 공간을 확보했다.

파란색 스파크가 일렁이는 마나 용광로에 들어간 강판은 사고가 나기 전으로 서서히 복원되기 시작했다.

하지만 그 속도가 생각보다 훨씬 느려서 외형을 복원하는 데 걸리는 시간은 아무리 적어도 1주일 이상 걸릴 듯했다.

"쉽지가 않군."

마나 서클이 예전보다 단단해져서 마력이 고갈되는 일은

없겠지만 문제는 시간이었다.

아무래도 이것을 주업으로 삼기엔 무리가 있지 않을까 싶은 화수다.

"부업이라도 이게 어디야? 이렇게 짭짤한 부업이 다 있다니."

총 450만 원에 차를 구매해서 1,500만 원이 넘는 금액에 차를 팔 수 있다면 한 달에 한 대씩만 팔아도 화수에겐 크게 남는 장사이다.

인형 눈알을 붙여서 파는 것보다야 이런 부업이 화수에겐 적격일 듯싶다.

화수는 계속해서 작업을 이어나갔다.

산산조각이 난 차를 인수한 지 3주일, 화수는 드디어 차를 원형대로 복원시켰다.

하지만 이것을 그냥 팔 수는 없기 때문에 차량검사소에서 성능 시험을 거쳐야 한다.

차량에 이상이 없다는 판정을 받아야만 정식으로 보험을 들고 차를 몰 수 있기 때문이다.

대전에 위치한 1급 공업사를 찾은 화수는 자동차 성능 검사를 의뢰했다.

"얼마나 걸립니까?"

자동차 정비공은 대수롭지 않게 답한다.

"문제만 없다면야 한 시간 안에 끝날 겁니다."

"알겠습니다."

이제 남은 것은 과연 화수의 마도학으로 차를 고쳐도 이상이 없느냐는 것이다.

과연 적격 판정을 받을 것인지 조금 긴장이 되는 화수다.

무려 3주 동안이나 이 차를 잡고 씨름해 왔기 때문이다.

약 한 시간 후, 자동차 성능검사표를 들고 정비공이 화수를 찾는다.

"나왔습니다. 사고가 있던 차라서 판금과 도색, 그리고 부품 교체 건이 조금 많네요."

"주행이나 제동엔 이상이 없습니까?"

"그런 것 같네요. 엔진오일이나 미션오일 같은 소모품도 다 갈아놓았으니 당장 타는 데는 이상 없을 것 같습니다."

일단 검사소에서 이상이 없다는 소견을 받았으니 차를 얼마나 잘 파느냐만 남은 셈이다.

그는 자동차를 끌고 다시 고물상으로 향했다.

*   *   *

인터넷 중고차 거래 사이트에 1,600만 원에 차를 거래한다고 게시 글을 올리자 엄청난 양의 문의 전화가 왔다.

그중에는 중고차 딜러들도 상당수 끼어 있었는데, 시세보다 훨씬 싸다는 이유로 무조건 구매하겠다고 나섰다.

그 인기가 어찌나 높은지 애초에 받기로 했던 1,500만 원에서 무려 가격이 150만 원 가까이 올랐다.

최종적으로 자동차를 거래하기로 한 사람은 논산에서 사업을 하고 있다는 한 남자였다.

직접 차를 보러 대전까지 온 그는 아주 꼼꼼하게 차를 살폈다.

"차에 사고 이력이 있다고요?"

"네, 사고 이력이 있습니다. 성능검사표를 보시지요."

애초에 사고가 났다고 고지해 놓고 게시판에 올린 화수이기에 더 이상 감가를 받을 여지는 없을 듯했다.

"주행에는 이상이 없는 것이지요?"

"물론입니다. 시운전을 해보시지요."

화수는 그를 데리고 신탄진의 한 한적한 도로를 찾았다.

차가 별로 없는 곳이라서 자동차의 잡음이나 이상 유무를 판단하기엔 아주 적격이었다.

운전대를 넘긴 화수는 최대한 아무런 말 없이 조수석에 앉아 운전을 함께 했다.

"어떻습니까?"

약 10분가량 운전대를 잡고 운전하던 그는 아주 만족스럽다는 듯이 웃는다.

"좋네요. 대형차 특유의 소음도 별로 없는 것 같고 브레이

크도 잘 들고요."

"꽤나 정비를 오랫동안 했습니다. 문제가 있을 리가 없지요."

그는 화수에게 구매 의사를 밝혔다.

"이전등록소로 갑시다. 구매할게요."

"잘 선택하신 겁니다."

화수는 차주가 될 그를 데리고 대전 차량등록사업소로 향했다.

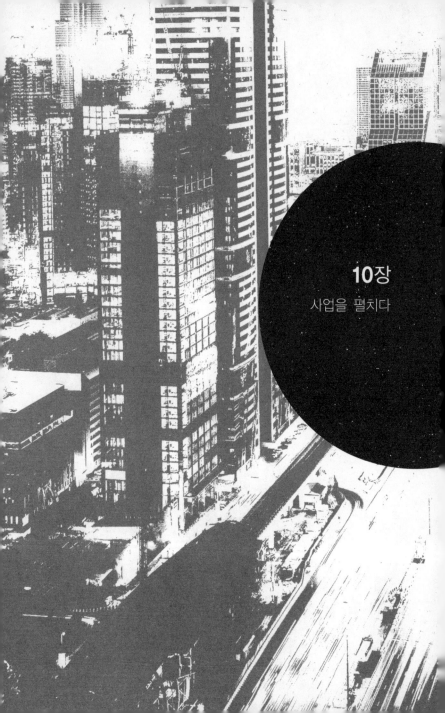

10장

사업을 펼치다

　차량 대금 1,650만 원 중 세금과 수수료를 제하고 화수는 1,500만 원을 받았다.

　그러니까 3주일 동안 꼬박 차량 하나에 매달려서 1천만 원을 번 셈이다.

　은행계좌에 찍혀 있는 숫자를 바라보며 화수는 뿌듯하게 웃었다.

　"후후, 그래. 이런 맛에 사람들이 돈을 버는 모양이군."

　사실 화수는 태어나서 100만 원 이상의 돈을 직접 본 적이 별로 없다.

　언제나 지독하게 따라다니는 가난 탓에 목돈을 만져볼 기회가 없었던 것이다.

아무리 돈을 열심히 벌어도 빚잔치로 다 날리고 나면 남는 것이 없기에 벌어진 일이다.

화수는 달력을 보았다.

은행에 이자를 상환하고 나면 한 달 정도 여유가 있을 듯싶다.

이제부터 그는 본격적으로 사업을 펼쳐보기로 했다.

대전 둔산동에 위치한 인터넷 홈페이지 제작 업체를 찾은 화수는 약 100만 원가량의 견적에 맞는 포트폴리오를 살펴보았다.

"시안을 보시고 선택하면 홈페이지의 최종 수정까지 총 3주일 정도 소요될 겁니다."

화수는 고물상 홈페이지를 만들어서 원격으로 고물을 수집하고 판매할 수 있는 기반을 잡기로 했다.

그리고 중고차 판매와 철거 사업까지 홈페이지에 개설해서 일거리를 몰아 받을 생각이다.

"조금 더 빨리는 안 됩니까?"

"저희들도 최소한 시안을 잡고 시스템을 구축하는 시간 정도는 있어야 하거든요."

누구에게나 사정이라는 것이 있다.

홈페이지를 제각하는 회사의 입장에서는 조금이라도 기간을 오래 잡는 것이 완성도를 높이는 길이 된다.

행여나 홈페이지를 만들어놓고도 마음에 들지 않는다는 소리를 듣지 않으려면 그만큼의 노력이 필요한 것이다.

그는 골치 아픈 일을 미연에 방지하기 위해 한 가지 전제조 건을 단다.

"홈페이지를 제작하고 호스팅을 연결하는 일은 2주일 안 에 끝낼 수 있습니다. 다만 홈페이지를 수정하고 보수하는 일 에 시일이 많이 소요될 뿐이지요."

"제가 딱히 클레임을 제기하지 않으면 빨리 일을 끝낼 수 있다는 소리군요."

"그런 셈입니다."

한마디로 자신이 만들어주는 대로 홈페이지를 받으면 기 간이 오래 소요되지 않는다는 것이다.

그러나 클레임을 제기할 수 없다는 것은 엄청난 타격이 될 수도 있다.

잘못하면 추후에 홈페이지를 보수한다고 며칠이고 홈페이 지의 문을 닫아야 할 수도 있었다.

그는 어쩔 수 없이 기간을 오래 잡을 수밖에 없었다.

"그럼 예정대로 3주일의 시간을 잡고 일을 해주십시오. 기 다리겠습니다."

"예, 알겠습니다. 그럼 지금 계약서를 작성하시고 계약금 을 송금해 주십시오. 입금이 확인되면 곧바로 작업에 들어가 겠습니다."

"잘 부탁드립니다."

화수는 계약금으로 20만 원을 홈페이지 제작 업체에게 송금했다.

*   *   *

홈페이지가 제작되는 동안 화수는 김철민이 소개한 사람들을 만나면서 일거리를 조금씩 늘려나갔다.

가장 먼저 미팅을 갖기로 한 사람은 충북 청주에서 인테리어 사업을 하는 정만식이었다.

정만식은 철거업계의 관행에 대해 상당히 반감을 가지고 있었다.

"철거업체는 중간에서 뒷돈을 챙기는 놈들이 너무 많아요. 그래서 항상 뒤통수를 맞는다는 것을 알면서도 억지로 거래를 하는 것이지요."

"관행이라는 것이 그래서 무서운 것 아니겠습니까? 눈먼 돈을 대놓고 뜯어가는 것이니까요."

김철민에게 화수에 대해서 전해 들은 정만식은 그에게 상당한 기대감을 가지고 있었다.

"듣기론 임금도 싸고 기일 내에 무조건 일을 끝내준다고 하더군요."

"신용이 떨어지면 일을 할 수가 없다고 생각합니다. 이것도 엄연한 사업이라고 생각하면 신용을 저버릴 수가 없지요."

"마인드가 참으로 마음에 듭니다."

정만식은 화수에게 이번 현장에 대해 설명했다.

"제가 지금 당신에게 맡기려는 철거는 조금 버거울 수도 있어요. 현장이 지하에 있는데다 잘못하면 건물 내부에 균열이 생길 수도 있거든요."

"현장이 많이 위험한 모양입니다."

"건물 자체가 상당히 오래되기도 했고 애초에 공사 마감을 제대로 하지 않은 것 같아요. 그래서 설비 시설을 모두 철거하고 아예 건물의 뼈대부터 다시 잡으려는 것이지요."

이 세상의 그 어떤 철거 현장도 위험하지 않은 곳은 없다.

다만 그 위험도가 얼마나 높으냐에 따라서 가격 조건을 조금 조정하게 되는 것이다.

하지만 화수는 임금을 기존의 가격대로 동결시켰다.

"하겠습니다. 그리고 단가는 김철민 사장님께 들으신 대로 받겠습니다."

"그래도 괜찮겠어요? 현장이 지하인데다 균열의 위험까지 안고 말입니다."

"어차피 현장은 다 위험합니다. 자잘한 조건까지 다 따지면서 일을 할 수는 없다고 생각합니다."

"배짱이 좋군요."

"남자가 치졸하게 너무 계산만 하면 못쓰는 법이라고 배웠습니다."

정만식은 화수가 무척이나 마음에 든 모양이다.

"당장 현장부터 보러 갑시다. 이번 주부터 작업에 들어갔으면 하거든요."

"알겠습니다. 그렇게 하시죠."

화수와 정만식은 충북 청원으로 향했다.

*   *   *

청원은 청주와 대전 사이에 있는 도시로, 맥주공단과 가구거리 등이 위치해 있다.

때문에 이곳은 각종 창고와 공장이 자리 잡고 있어 출퇴근하는 사람이 많았다.

정만식이 화수를 데리고 도착한 곳은 청원의 한 맥주공장이었다.

"시공 30년이 다 되어가는 곳입니다. 역사가 깊은 만큼 건물의 노후가 심각하지요."

모 대기업에서 운영하는 이 맥주공장에서 나오는 물량은 전국에서 세 번째로 많다.

이곳에서 나오는 맥주로 중부권의 주류 물량을 모두 충당할 정도이니 그 규모가 엄청나다는 것을 알 수 있다.

"규모가 크다는 것은 이 공장이 상당히 중요하다는 소리입니다. 회사 초창기의 총자본을 투자해서 만들었으니 충분히 그럴 만도 하지요."

기업의 명운을 걸고 지은 공장이 부실공사라니 화수는 기가 막힐 따름이었다.

"아무리 아직 대기업의 기틀을 잡지 못한 때라곤 해도 이런 부실공사는 말도 안 되는 일 아닙니까?"

정만식은 어깨를 살짝 들었다 놓는다.

"이래서 제가 관행이나 관습을 싫어한다는 겁니다. 당시 우리나라 건축업 기술력은 세계에서도 알아주는 수준이었습니다. 그럼에도 불구하고 뒷돈을 챙기는 윗선들 때문에 부실공사가 완연했지요. 가장 대표적인 예로 상품백화점의 붕괴를 들 수 있겠습니다."

부실공사의 전말은 대부분 이렇다.

중간에서 재료값을 가로채는 통에 건설에 들어가는 자재가 상당히 비는 현상이 일어난다.

그렇게 되면 애초에 설계한 만큼의 자재를 사용하지 못하게 되니 당연히 건물이 부실해질 수밖에 없는 것이다.

"아무튼 지금 철거할 곳은 그 부실함이 극에 달하는 곳이지요. 이곳에 설치된 노후 시설은 모두 철거하고 외벽과 내벽을 보수할 겁니다. 제가 맡은 공사가 바로 이 모든 것을 총괄하는 것이지요."

그제야 화수는 정만식이 어려운 공사가 될 것이라고 말한 이유를 이해할 수 있었다.

건물의 외벽을 살펴본 후 정만식은 도면을 살피면서 설명을 이어간다.

"특히나 조심해야 할 구간이 있습니다. 지하 2층과 3층은 중앙 기둥이 으스러지는 중입니다. 하루빨리 보수를 하지 않으면 건물 전체가 무너져 내릴 판이지요. 그곳을 조심해야 합니다."

정만식은 설계도면에 나와 있는 지점으로 화수를 안내했다.

"이곳입니다."

맥주 발효실이 위치하던 이곳은 고소한 맥아 냄새가 진동하고 있었다.

화수는 발효실 중앙의 기둥을 손으로 만져보았다.

"중앙에 크랙이 많이 가 있군요."

"잘못 치면 모두 와르르 무너집니다. 특히나 조심해 주십시오."

"알겠습니다."

어차피 건물 외벽에 붙은 설비와 각종 파이프라인은 화수가 직접 사다리를 타고 잘라내면 문제가 되지 않을 듯했다.

가장 난이도가 높은 것은 천장에 붙은 환풍구였다.

발효실의 특성상 환기 시스템은 필수라고 할 수 있다.

더군다나 이 거대한 발효실의 환기 시스템은 일반적인 건물에 비해 무척이나 거대하게 설계되어 있었다.

"저게 가장 문제가 되겠군요."

"그래요. 우리가 쉽사리 손을 대지 못하고 있는 이유 역시 저것입니다."

화수는 자신 있게 무사 완수를 약속했다.

"걱정하지 마십시오. 제가 알아서 처리하겠습니다."

"어떻게 하실 겁니까?"

"공사가 끝나면 알려드리겠습니다. 이것도 나름 영업 기밀이라서 말입니다."

"후후, 그렇게 하시죠."

화수는 설계도면을 들고 고물상으로 향했다.

*   *   *

중구 문화동의 한 폐차장. 화수가 폐차 직전의 자동차를 꼼꼼히 살피고 있다.

"으음……."

지금 그가 보고 있는 차종은 배기량 3500cc 급 자동차 중에서 가장 가격이 높은 차다.

독일 bmvv사에서 만든 이 중형 차량은 젊은 층이 가장 선호하는 모델로, 중고차 중에서도 가장 값이 높이 책정된다.

하지만 이 또한 폐차가 결정되고 나면 고철 값이나 간신히 받는 것이 현실이다.

폐차장 주인은 그럼에도 불구하고 한 푼이라도 더 받고자 괜히 너스레를 떤다.

"이 정도면 상당히 싸게 드리는 겁니다. 외관은 아주 멀쩡하지만 엔진과 하체 마모가 심해서 폐차하는 거거든요."

2005년식 스포츠 세단 bmvv5 시리즈는 전자기기 계통의 잔고장이 심해서 소모품 값이 가장 많이 들기로 유명했다.

그래서 실제로 폐차장으로 가는 차들 중에 소모품 마모가 심하지 않은 차는 그만한 값을 받는다.

하지만 화수는 고개를 가로저었다.

"250만 원은 너무 비싸군요."

"이 정도의 물건을 누가 250에 준답니까? 너무 깎으시는 것 아닙니까?"

어차피 화수의 입장에선 차를 팔지 않겠다면 안 사면 그만이다.

그는 일단 배짱을 부렸다.

"50만 원만 깎읍시다."

"네?! 그런 말도 안 되는……."

"싫다면 저로서도 어쩔 수 없지요. 더 좋은 물건이 나타날 때까지 기다리는 수밖에요."

흥정에서 가장 중요한 요소는 아쉬울 것이 없다는 마인드를 갖는 것이다.

표정의 변화가 시시각각으로 나타나는 것을 보니 폐차장 주인은 화수에게 흥정에서 밀린 듯하다.

"조금 절충을 합시다. 50만 원이나 깎는 것은 너무 심했습니다."

화수는 작게 고개를 끄덕였다.

"뭐, 그럽시다. 얼마나 절충하기를 원하십니까?"

"240에 드리겠습니다."

"210 드리지요."

"230……."

"220 어떻습니까?"

폐차장 주인이 어쩔 수 없다는 듯 고개를 끄덕인다.

"…좋습니다. 그렇게 합시다."

찻값은 맞춰놓았으니 내일 소유권 이전만 마치면 거래가 성사되는 것이다.

화수는 계약금을 걸고 자동차 키를 건네받았다.

*   *   *

이번으로 세 번째 차량을 수리하는 것이지만 그 세 번 중에 오늘은 운이 가장 좋은 듯하다.

전자기기의 결함이 잦은 5시리즈치고는 꽤나 많은 부품이 살아 있었다.

"내가 조금 심하긴 했군."

이 정도 물건이라면 300만 원을 다 받아도 이상할 것이 없을 정도로 차가 깨끗했다.

외관은 도색만 조금 하면 될 것 같고, 문제는 엔진과 하체를 수리하는 일이다.

현재 이 자동차의 엔진은 운행을 할 수 없을 정도로 심각한 결함을 가지고 있다.

엔진의 실린더 룸이 아예 완전 마모 수준으로 망가져 오일을 넣어도 자꾸 역류하는 현상이 벌어지고 있었던 것이다.

엔진오일을 넣을 수 없으니 차가 이상 고온 현상을 일으키는 것도 무리는 아니다.

게다가 잦은 사고로 인해 차의 하부 왼쪽이 부실해진 상태였다.

그러니까 이 상태로 차를 몬다면 왼쪽으로 핸들이 기울거나 이상할 정도로 심한 진동이 느껴진다는 소리다.

"이러니 폐차를 시키지."

아예 차를 탈 수가 없으니 폐차를 시키는 것이 옳은 일이다.

화수는 얼마 전 강한성의 폐차장에서 bmvv 등 여러 종의 외제차 내부를 전부 눈으로 보고 익혔다.

그리고 인터넷으로 입수한 설계도면을 머릿속에 주입시켜

이론까지 완성시켰다.

한마디로 지금 이 자동차에 대한 모든 것이 화수의 머리에 들어 있는 셈이다.

그는 자동차를 분해해서 모자란 것을 체크했다.

"200? 아니지, 300만 원쯤이면 대충 견적이 나오겠군."

자동차 바퀴와 엔진오일 등 채워 넣을 것이 많은 외제차의 경우엔 부품 값보다 소모품 값이 더 많이 드는 경우도 있다.

지금 화수의 경우가 딱 그러하다.

그는 강한성에게 전화를 걸었다.

"안녕하십니까? 강화수입니다."

—어이쿠, 강 사장님! 어쩐 일이십니까?

화수는 그에게 지금 자신이 필요한 품목이 어떤 것들인지 설명했다.

"…위의 것들을 택배로 보내주실 수 있겠습니까? 값은 제대로 쳐드리겠습니다."

그는 화수의 제안을 흔쾌히 수락한다.

—좋습니다. 값만 제대로 받을 수 있다면 당연히 보내드려야지요.

"부품 값은 바로 송금하겠습니다."

—예, 알겠습니다. 그리고 조만간 다시 모여서 술 한잔하시죠.

"예, 그럼……."

이윽고 주문을 마친 그는 재생시켜야 할 부품들을 용광로에 넣고 청원으로 향했다.

*   *   *

청원의 맥주공장. 화수는 이번 공사에서 가장 어려운 작업부터 시작하기로 했다.

환풍구를 떼어내고 나면 어차피 자잘한 고철만 주렁주렁 달린 형국이 되기 때문이다.

그는 고철 인형을 환풍구 아래에 위치한 난간에 배치시켰다.

그리고 각각 인형들의 손에 밧줄을 묶었다.

이렇게 밧줄을 묶고 환풍구의 하부를 떠받들면 용접을 해도 금방 고철이 아래로 떨어져 내리는 일은 없을 것이다.

장정 한 명의 몫을 제대로 해내는 양철 인형 넷이 붙었으니 충분히 작업을 진행해 볼 만했다.

환풍구를 단단히 묶은 화수는 그 아래에 길이 1미터, 넓이 2미터의 합판을 환풍구를 따라 설치했다.

이것은 중력 마법이 걸린 스프링을 내부에 설치한 완충기로서 원래 성문을 여닫을 때 쓰던 장치다.

그러다 투석기의 성능을 높이는 데 사용되었으며, 지금은 무거운 물건을 안전하게 받아내기 위해 사용할 예정이다.

이것을 만드는 데 들어간 마나코어만 벌써 열 개가 넘는다.

고로 어서 작업을 마치지 못하면 고철 인형들을 움직일 마나코어를 모두 소진할 수도 있는 상황인 것이다.

화수는 2층 난간에 사다리를 대고 조심스럽게 작업을 시작했다.

환풍구는 직사각형의 구조로 설치되어 있었는데, 중앙을 지지하는 연결고리가 중심을 잡아주는 역할을 한다.

그러니 좌측이나 우측 끝에 있는 연결고리부터 차례대로 제거해서 마지막엔 중앙의 연결고리를 떼어내야 작업이 수월할 것이다.

슈가가각!

마법용접기가 불을 뿜자 환풍구의 가장 첫 번째 연결고리가 떨어져 내린다.

팅!

그 충격으로 건물 전체가 흔들거렸다.

쿠궁!

"헛!"

화수는 숨을 죽인 채 진동이 멈추기만을 기다린다.

"…십년감수했네."

한 끝만 잘못 건드려도 균열이 생기는 건물이다.

잘못하면 건물이 무너져 내려 황천길을 갈 뻔한 화수다.

그는 떨어져 나간 첫 번째 연결고리가 있던 자리에 밧줄을 묶어 굴뚝에 연결해 두었던 안전 클립에 연결시켰다.

공사장에서 스카이 크레인의 연결고리로 사용하는 안전 클립이기에 행여나 줄이 풀릴 일은 없었다.

화수는 다시 한 번 연결선을 확인한 후 두 번째 연결고리를 끊어냈다.

치지지지직, 타앙!

다행히도 건물 내부로 충격이 전해지지는 않는 듯했다.

첫 번째 연결고리를 단단하게 잡고 있어 중심이 맞아들어간 덕분이다.

이번에도 화수는 연결고리에 밧줄을 감고 작업을 이어나갔다.

팅!

세 번째 연결고리가 끊어지고 나니 중심점을 지지하고 있던 연결고리가 슬슬 늘어지려 하고 있다.

"이크, 시간이 없구나!"

잘못하면 중심점이 힘을 잃고 끊어질 수도 있는 상황이다.

화수는 재빨리 네 번째 연결고리를 끊고 밧줄을 걸어 고정시켰다.

꽈드드드득!

네 개의 밧줄이 환풍구를 지지하고 있고, 그 끝에는 고철 인형들이 버티고 서 있다.

그는 거침없이 마지막 연결고리를 끊어냈다.

타앙!

끼기기기긱!

그 충격으로 인해 건물의 잔해물이 조금씩 벽면을 타로 흘러내리고 있다.

"천천히……."

고철 인형들은 도르래가 달린 밧줄을 잡고 천천히 환풍구를 내리기 시작한다.

바로 그때였다.

쿠쿠쿵, 끼이이익!

"젠장!"

고철 인형들이 잡고 있던 도르래가 하중을 버티지 못하고 끊어져 내리고 말았다.

빠른 속도로 하강하는 환풍구. 화수는 눈을 질끈 감았다.

"크윽!"

백 번의 실험이 성공해도 중요한 순간에 실패하지 말라는 법은 없다.

화수는 아직 완충 스프링이 과연 시기적절하게 작동할지에 대한 확신이 없었던 것이다.

1초, 고철이 떨어져 내렸으면 진즉 바닥에 닿고도 남을 시간이다.

눈을 질끈 감았다 뜬 화수는 천천히 바닥을 내려다보았다.

꿀렁꿀렁!

완충 스프링이 장착된 강판에 안착한 환풍구가 마치 침대
에 몸을 던진 사람처럼 울렁거리고 있다.

화수는 한도의 한숨을 내쉬었다.

"후우! 죽는 줄 알았네."

그는 떨어져 내린 환풍구를 해체해서 지상으로 올리기 시
작했다.

*　　*　　*

약속한 기한 내에 공사를 끝낸 화수는 정만식에게 극찬을
받았다.

김철민이 소개시켜 준 사람은 총 네 명으로 그들과 함께 일
을 하기로 했다.

그중에서도 정만식은 특히나 화수를 마음에 들어했고, 그
의 추천으로 화수에게 공사를 맡기겠다는 사람들이 더 생겨
났다.

만약 이들의 공사 역시 마음에 쏙 들게 성사시켜 준다면 앞
으로 더 많은 공사가 들어올 것이다.

화수는 고물상에 딸려 있는 방을 모두 창고로 개조하고 사
무실을 꾸며놓았다.

이제는 들어오는 일거리를 체계적으로 정리하고 자동차
역시 본격적으로 매입해서 수리하기로 한 것이다.

이른 아침, 인력 채용을 위한 면접이 잡혔다.

그는 인터넷으로 받은 이력서를 정리해서 면접을 시작했다.

"네 분 들어오세요."

화수가 내건 조건은 월 120만 원에 주 5일 출근이다.

이 정도면 어디에 가더라도 쉽게 받을 수 없는 조건이다.

더군다나 학력 제한이 없어서 학벌이 좋지 않은 사람도 지원할 수 있다는 것이 장점이다.

하지만 그 때문에 어중이떠중이들이 전부 면접을 보러 왔다.

첫 번째 지원자는 올해로 25세가 된 여자다.

"여자가 고물상이라……. 괜찮겠습니까?"

그녀는 어깨를 들었다 놓는다.

"괜찮아요. 고물상은 어쩐지 별로 할 일이 없을 것 같거든요."

"뭘 잘 모르시는가 본데, 고물상 일은 상당히 고됩니다."

"그럼 전 패스."

"……."

일할 준비가 되지 않은 사람이다.

그는 곧바로 다음 사람에게로 시선을 옮겼다.

그런데 이번에도 채용이 되긴 글러먹은 듯하다.

"담배 한 대 피워도 됩니까?"

면접장에서 담배를 피우겠다니 정상이 아니다.

"집에 돌아가서 피우시지요. 불합격입니다."

"쳇."

그 이후로도 계속 마음에 드는 사람이 나타나지 않았다.

아니, 일 자체를 할 생각이 있는 젊은이가 드물다는 것이 가장 큰 문제였다.

면접 네 명째. 화수는 마지막 지원자와 마주했다.

화수는 간절한 마음으로 면접에 임했다.

"전희수 씨?"

"예."

"고물상이 뭐하는 곳인지는 아시죠?"

"물론이지요."

"그렇다면 일이 상당히 고달플 것이라는 것도 아시겠군요."

"당연합니다."

이력서에는 그녀가 충남대학교 기계공학과를 졸업했다고 나와 있다.

지방대라곤 하지만 충남대학교는 충남권에선 가장 큰 대학교다.

"학벌이 생각보다 좋은데, 왜 하필이면 저희 고물상입니까? 이런 고물상에서 썩을 사람은 아닌 것 같은데요."

"흥미로워서요."

"흥미롭다?"

"저는 얼마 전까지 버스회사에서 엔지니어로 일했습니다. 아시겠지만, 버스회사는 이 동네에서 꽤나 가까운 곳에 있지요. 오가는 길에 사장님의 고물상이 어떻게 변하는지 지켜봐 왔습니다."

"으음……."

"처음엔 리어카로 고물을 실어서 나르더니 어느 순간엔 다 쓰러져 가는 차를 고쳐서 타고 다니더군요. 그리고 최근엔 폐차 직전의 중고차를 매입해서 팔고 있는 것 같더군요."

아마도 화수의 행보가 그녀의 호기심을 자극한 모양이다.

"당신이라는 사람이 과연 어디까지 성장하는지 보고 싶습니다. 그게 바로 제가 이 회사에 지원한 이유입니다."

당찬 여자다.

이런 여자라면 억세고 고된 고물상 일도 제대로 해낼 수 있을 것 같다는 느낌이 들었다.

화수가 가만히 그녀를 바라보고 있자 그녀가 고개를 갸웃거린다.

"탈락입니까?"

그는 이내 고개를 저었다.

"아닙니다. 합격입니다. 당신 말곤 지원자도 없으니… 같이 일합시다."

"쓸 사람이 없어서 저라도 쓴다는 말인가요?"

"당신이 쓸 사람이 없어서 쓰는 사람인지 쓸 만해서 쓰는 사람인지는 당신 스스로가 결정하는 겁니다."

그녀는 흔쾌히 고개를 끄덕인다.

"말보단 행동으로 보여드리지요."

"내일부터 출근하는 것으로 합시다. 그 달의 성과가 좋으면 상여금은 월급날 함께 지급하겠습니다. 직원이라고 단둘인데 상여금이라도 많이 줘야지요."

"감사합니다."

공학도라서 그런지 상당히 무뚝뚝한 성격의 그녀다.

하지만 일 하나는 제대로 할 것 같아 그녀가 상당히 마음에 드는 화수다.

*   *   *

홈페이지가 완성되었고, 그와 맞춰서 5시리즈의 수리가 끝나서 시기적절하게 판매되었다.

전희수가 홈페이지로 들어온 자동차 판매 요청에 대한 견적서를 화수에게 보여준다.

"총 열 대의 차가 수배되었습니다. 보시다시피 세 대는 미국 차, 네 대는 독일 차, 두 대는 일본 차입니다."

"가격 흥정은 되었습니까?"

"말씀하신 대로 깎을 수 있는 한 최대한 깎았습니다. 이 가격이면 국내 최저라고 자부합니다."

그녀는 버스회사에서 엔지니어로 일한 만큼 차에 대해서 잘 알고 있었다.

그런 그녀가 꼬투리를 잡기 시작하면 폐차업자라도 두 손 두 발 다 들어야 할 것이다.

"좋습니다. 이대로 매입해서 수리하겠습니다."

"수리 이후에 차량 판매는 어떻게 하실 생각입니까?"

"애초에 계획한 대로 우리 사이트에서 직접 팝니다. 수수 료, 마진, 전부 우리가 챙기고 차에 대한 책임도 제가 집니 다."

그녀는 화수가 시키는 일에 대해선 의문을 품지 않았다.

"알겠습니다. 홈페이지 구매/판매 탭에 차량 판매를 등록 시켜 놓겠습니다."

"가격은 애초에 상의한 대로 올리겠습니다. 책정은 알아서 해주십시오."

"대략적인 가액은 시세에서 200 정도 빼놓고 올릴 테니 나 중에 수리 경과를 봐서 다시 조절하시지요."

화수는 차량 가격을 책정하는 일은 그녀에게 맡기기로 했 다.

차량의 상태와 수리 결과에 따라서 그녀가 가격을 정하게 된다면 판매에 대한 것은 화수가 신경 쓸 필요가 없기 때문이 다.

판매까지 그녀가 담당하게 되면 업무량이 늘어나게 되지만, 그녀는 수수료로 1%를 챙기기로 했다.

한 대에 10만 원, 많으면 20만 원까지 챙기게 되는 셈이니 그녀에게 있어서도 전혀 나쁠 것이 없었다.

이번에는 그녀가 정리한 철거 스케줄 표를 확인했다.

"이번 주 화요일부터 당진에서 철거가 진행될 예정입니다. 현장은 이미 브리핑 받으셨지요?"

"네, 저번 주에 다녀왔지요. 현장이 그다지 까다롭지 않은 것으로 기억합니다."

"그럴 줄 알고 기한을 이틀로 잡았습니다."

정만식의 지인이 맡긴 충남 당진의 식당 철거는 200평이 넘는 곳으로, 시설 철거만 하루가 꼬박 걸리는 현장이다.

"…너무 타이트한 것 아닙니까?"

"어쩔 수 없습니다. 목요일부턴 홍성으로 올라가야 다음 주 공사를 마감하실 수 있을 겁니다. 뒤의 공사를 조금 더 빨리 끝낼 수 있다면 하루 연장하서도 상관은 없습니다."

일을 배정하는 데 있어 아주 칼 같은 그녀다.

때론 그 예리함 때문에 숨이 막히기도 하지만 아직까진 그녀가 무척이나 마음에 드는 화수다.

"알겠습니다. 오늘 오후에 당진으로 출발하겠습니다."

"경비는 가방에 넣어두었습니다. 모자라면 말씀하십시오."

"그럼 삼 일 후에 봅시다."

"네."

짧게 인사를 마친 후 화수는 당진으로 향했다.

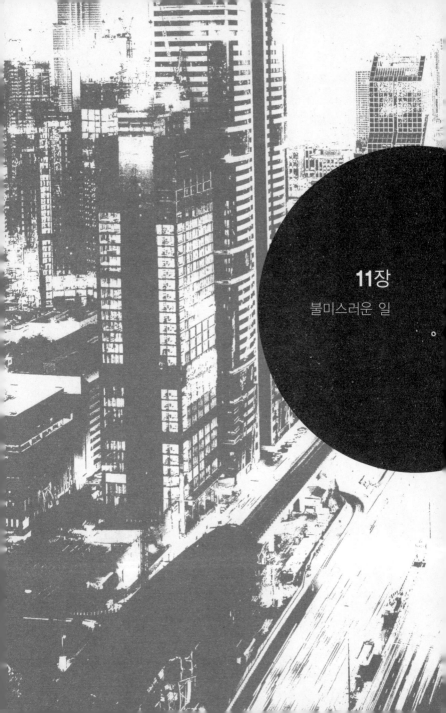

11장

불미스러운 일

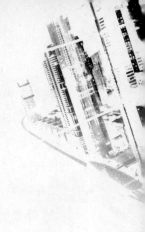

엔진 및 하체 결함으로 폐차 수순을 밟던 자동차가 모두 화수의 사무실 앞으로 모여든다.

전희수가 화수에게 자동차 진단에 대한 차트를 건넨다.

"보면 아시겠지만 겉으론 별다른 문제가 없어 보입니다. 하지만 엔진 실린더부터 클링크 축 부식까지 아주 치명적인 결함으로 가득 찬 차 들이지요. 어지간해선 정비가 안 될 것 같습니다."

"하면 됩니다. 전희수 씨는 차를 어떻게 해야 더 비싸게 팔아먹을 수 있는지만 고민해 주시면 됩니다."

"파는 것이야 가격만 내리면 무조건 팔립니다만……."

"그럼 됐습니다. 고치는 것은 제가 알아서 하겠습니다."

매입과 진단, 판매만 신경 쓰지 않아도 화수가 해야 할 일은 1/3로 줄어든다.

한마디로 그는 철거와 수리만 신경 쓰면 된다는 소리다.

"모자란 부품을 수배해서 택배로 받을 겁니다. 물건이 도착하면 바로 연락해 주십시오. 일이 끝나는 대로 돌아와 조립하겠습니다."

"…알겠습니다."

"아참, 그리고 이제부터는 폐차도 받을 겁니다. 은행 대출금을 상환하고 남은 돈으로 부지를 넓일 테니 그렇게 아십시오."

"부동산을 수배하겠습니다."

엔지니어로서 절대 정상 운행이 불가능할 것이라고 진단한 그녀이기에 조금 반신반의하는 표정이다.

하지만 그녀는 이번에도 화수가 시키는 대로 움직였다.

앞으로 얼마나 화수가 발전할 수 있는지 지켜보고 싶다는 말은 허언이 아니었다.

이해할 수는 없어도 따를 수는 있기 때문이다.

그녀는 아직까지 화수에게 막연한 희망 같은 것을 품고 있는 모양이다.

머리로는 도저히 이해할 수 없지만 그가 하는 것이라면 뭔가 이유가 있다고 생각하는 것이다.

과연 앞으로도 그 무조건적인 믿음과 희망이 지속된다면 그녀는 온전히 화수의 사람이 될 것이다.

*　　　*　　　*

화수가 굳이 수입차를 수리해서 판매하는 것은 중고차 시장의 특성 때문이다.

국내에서 생산된 자동차나 해외에서 생산된 자동차나 중고차 시장에 나오면 차값이 반 토막 나는 것은 마찬가지다.

하지만 출고가가 높은 차일수록 감가율의 한계가 있다.

이를테면 1억에 출고된 06년식 자동차가 아직까지 1천500만 원까지 받을 수 있는 이유다.

언젠가는 차 값이 끝도 없는 바닥으로 내려갈지라도 아직 10년이 채 지나지 않은 차들은 아직까지 고가에 팔린다는 소리다.

국내에서 생산된 2000cc 중형차를 아무리 뼈가 빠져라 고쳐도 400~500만 원을 간신히 받는 것과는 대조되는 현상이다.

이제 그는 자동차 자체를 사들이는 것과 병행해서 멀쩡한 부품을 수집하는 일도 하고 있다.

이것은 폐차시키기 전에 멀쩡한 부품들을 떼어다 파는 사람들에게 인기가 있었다.

전희수가 바쁜 날엔 화수가, 그렇지 않은 날엔 그녀가 매입을 진행했다.

"06년 식 c350의 에어스프링 네 개와 라디에이터라…….
상태를 봐선 각각 10만 원씩 쳐드릴 수 있겠네요."

"조금 더 쳐주실 수는 없고요?"

"저희도 이게 최선입니다. 폐차장에 가시면 이것보다 더
못 받으실 겁니다."

차를 수리해서 조립하는 사람은 화수다.

그는 부품을 보고 대략적인 견적을 내서 최대한 이득을 봐
야 하는 장본인이다.

척 봐서 철로 되지 않은 부품은 고가를 내어주지 않았다.

이미 차는 처분했고 부품만 남은 상태라 판매자도 더 이상
따지지 않을 분위기다.

"그럼 총 20만 원 주십시오. 팔겠습니다."

"감사합니다. 영수증 필요하십니까?"

"괜찮습니다."

현찰로 돈을 지불한 화수는 창고에 부품을 비축해 두었
다.

당장 필요하지는 않다고 해도 언젠가는 저 부품들이 제 역
할을 할 날이 올 것이기 때문이다.

마나 용광로에 분해한 자동차 엔진의 부품들을 넣고 복원
작업을 하는 동안 택배가 도착했다.

"택배요!"

"울산에서 온 겁니까?"

"네, 한성수출상사에서 왔네요."

화수가 저번에 주문한 부품들이 하루 반나절 만에 도착한 모양이다.

당장 급한 물품들은 고속버스와 퀵서비스를 연계해서 받고 그렇지 않은 것들은 이렇게 택배로 받는다.

부품 값의 동향에 따라 5~8%가량 값을 더 쳐주는 화수이기에 강한성은 가끔 덤으로 부품을 더 얹어주기도 했다.

때마침 차량 세 대의 수리가 모두 끝나가는 찰나에 부품이 도착해 이틀 후면 출고가 가능할 듯했다.

"값을 잘 받아야 할 텐데……."

그는 곧장 부품을 조립하기 위해 차고로 향했다.

*　　*　　*

화수가 굳이 차량을 열 대씩만 구매한 것은 마당에 차를 주차할 공간이 딱 그만큼밖에 안 되기 때문이다.

하지만 이젠 그런 걱정은 하지 않아도 되었다.

전희수가 고물상 근처의 산비탈에 주차장 부지를 아주 싼 값에 수배했기 때문이다.

공인중개사는 화수와도 안면이 있는 사이다.

"알다시피 저곳은 원래 산소가 들어설 자리였어. 주차장으로 쓴다고 해도 상관은 없네만 조금 찝찝하지 않겠어? 주변이 다 무덤인데."

"중고차를 세워둘 건데 주변에 무덤이 있으면 뭐 어떻습니까?"

"뭐, 그렇긴 하지만……."

"괜찮습니다. 괘념치 않으셔도 됩니다."

중고차 시장은 차량을 세워두는 동안에도 돈이 들어가게 되어 있다.

자동차 유지비는 물론이고 차량의 감가 역시 시간이 지날수록 계속되기 때문이다.

그러나 한 일이 년 팔리지 않는다고 해도 화수로선 딱히 상관이 없다.

이삼백만 원 감가가 되어도 충분히 남는 장사이기 때문이다.

그렇다면 차를 많이 쌓아두면 둘수록 화수에겐 돈이 되는 셈이다.

부동산 계약을 끝내고 잔금까지 모두 치른 화수는 산비탈로 완성된 차를 가지고 올라왔다.

부르르릉!

엔지니어답게 자동차 면허증을 종류별로 다 가지고 있는 전희수다.

그녀의 운전 솜씨는 화수도 한 수 접어줄 정도였다.

주차장까지 차를 가지고 온 그녀는 엄지손가락 하나가 간신히 들어갈 수 있을 정도로 다닥다닥 차를 붙인다.

그나마 좌우로 공간이 아주 살짝 남아 있어서 사람이 타고 내리는 것만 간신히 가능할 정도이다.

"소름 끼칠 정도로 주차를 잘하시는군요."

"이렇게 하지 않으면 차를 다 세울 수 없습니다. 열 대를 다 수리하고 나서도 차가 안 팔리면 장기간 주차해 두어야 하는데 공간을 낭비할 수는 없지요."

가끔 후방 감지기가 붙어 있지 않은 차량도 있는데, 그녀는 오로지 감 하나로 차를 손가락 하나 차이로 붙인다.

화수는 그런 그녀가 결코 여자로 보이지 않았다.

"머리만 길었지 완전 남자군."

그녀는 고개를 갸웃거린다.

"뭐라고 하셨습니까?"

"아닙니다."

그는 다시 내려가 재빨리 차를 가지고 올라온다.

*　　　*　　　*

차량 열 대를 구입해서 다섯 대를 판매한 화수는 그 돈으로 다시 차를 사들였다.

그리고 그동안 모아온 마나코어로 마나 용광로를 확장시
켜서 차량 수리의 기간을 대폭 줄일 수 있게 되었다.

3주가 걸리던 자동차 수리 기간은 2주로 줄어들어서 현금
의 회전율이 상당히 높아졌다.

이렇게 자동차의 구매와 판매가 점점 누적되어 가자 화수
네 고물상은 점점 입소문을 타기 시작했다.

대전 월평동에 있는 중고차 매매단지보다 저렴하면서도
차량의 성능이 뛰어났기 때문이다.

당연히 입소문을 들은 사람이라면 매매상사보다는 화수가
운영하는 사이트를 이용하는 것이 이득이다.

오늘 고물상을 찾은 사람만 모두 열 명으로, 그중에 자동차
를 사겠다고 계약금을 건 사람이 세 명이나 된다.

그것도 최고급 세단이 두 대에 준대형 세단이 한 대다.

가격으로 따지면 오천만 원에 가까운 돈이며 순수익은 사
천만 원 가까이 된다.

산비탈에 있는 차고에서 석 대의 차를 빼서 마당으로 가지
고 온 화수는 차량을 광택업체로 보냈다.

이제부터는 차량에 광택까지 제대로 내서 구매자에게 보
내주기로 한 것이다.

차량 광택을 담당할 업자는 김철민이 소개시켜 준 사람으
로, 대전 로터리클럽에 소속된 고향 후배라고 했다.

김철민의 후배 임성식은 시세보다 약 20% 저렴하게 가격

을 책정했다.

"석 대 모두 8만 원씩에 광택 작업을 해드리지요."

"기간은 얼마나 걸리겠습니까?"

"내일 아침까지 가져다 드리겠습니다. 이후에도 계속 거래 하신다면 가격은 추후에 더 내려드리겠습니다."

"감사합니다. 어차피 한두 대 광택 작업을 할 것도 아니니 잘 좀 부탁드립니다."

"이를 말입니까? 내일 아침엔 새 차와 같은 느낌을 받으실 수 있을 겁니다."

이윽고 임성식은 차를 가지고 점포로 돌아갔다.

*　　　*　　　*

대전 월평동의 한 매매상사. 이곳은 주로 외제차를 취급하 는 곳이다.

하루 종일 매물을 검색하고 저렴한 물건은 직접 구매해서 중개하기도 한다.

이곳의 사장이며 대표 딜러인 지영숙은 오늘 오후 뜻밖의 제안을 받았다.

판암동의 한 고물상에서 중고 외제차를 파는데, 그 차를 직 접 보고 이상 유무를 판단해 달라는 것이다.

만약 이 거래를 그녀가 성사시키면 규정에 따른 수수료를 지급하겠다는 조건도 걸려 있다.

차량 한 대를 팔아서 그녀가 남기는 마진은 보통 이삼십만 원.

하지만 매일 차량이 판매된다는 보장이 없으니 장사가 안 되는 날엔 이런 아르바이트가 오히려 나을 수도 있었다.

그녀는 약속대로 지인을 통해 알게 된 고객을 데리고 판암동으로 향했다.

30대 중반인 남성 고객은 판암동으로 가는 동안 계속해서 중고차에 대한 얘기를 해댄다.

"요즘 이곳에서 파는 차가 그렇게 좋다고 소문이 자자하더군요. 값도 싸고요."

"차가 싼 데엔 이유가 분명 있습니다. 사고 차이거나 결함이 있겠죠."

"분명 사고는 있지만 가격이 터무니없이 낮아서 나중에 되팔아도 오히려 이득을 볼 수도 있을 정도라고 하던걸요? 가끔은 사고가 나지 않은 차도 나온다고 하네요."

"그런 상사가 있나요?"

"상사는 아니고 중고차를 수리해서 판매한다고 합니다. 자동차 검사도 완벽히 마치고요."

"흐음, 그래요?"

그녀는 분명 이 물건들이 허위 매물일 것이라고 생각했다.

아무리 폐차장에서 자동차를 떼어다 판다고 해도 그 정도 가격을 받기란 쉽지 않기 때문이다.

'어디서 눈먼 돈을 떼어먹으려고.'

그녀 역시 가끔씩 호구를 상대로 돈을 뜯어먹는 경우가 있지만 그것도 정도껏이다.

허위 매물을 시장에 자꾸 풀어놓게 되면 장사를 할 수 없을 정도로 나쁜 소문이 돌게 된다.

그래서 차라리 허위 매물보단 소비자를 현혹시켜서 차를 판매하는 것이 낫다.

같이 양심 팔이를 하는 입장에서 본다면 괘씸하기 짝이 없는 놈인 것이다.

이윽고 차가 목적지에 도착했다.

"여기인 것 같군요."

'지수자원'이라는 간판이 붙은 고물상의 뒤편에는 약 열 대가량의 외제차가 일렬로 늘어서 있다.

그리고 고물상 마당에는 각종 고철과 비철이 차곡차곡 쌓여 있다.

고물상임에도 불구하고 정리가 상당히 깔끔하게 되어 있어 그다지 거부감은 들지 않았다.

"이곳의 사장이 수완 좋기로 유명합니다. 듣자 하니 철거도 한다고 하던데."

"철거에 중고차 수리까지? 재주도 가지가지군요."

누구인지는 몰라도 이곳에서 일하는 사람들에게 썩 정감이 가지 않는 지영숙이다.

지수자원의 문을 두드린 지영숙이 조금 떨떠름한 목소리를 낸다.

똑똑.

"계세요?"

이내 안에서 한 여자가 걸어 나와 두 사람을 맞는다.

"어서 오십시오. 무슨 일로 오셨지요?"

"어제 이곳에 ls460을 보러 오기로 전화한 사람입니다."

그녀는 고개를 갸웃거린다.

"남자분이라고 들은 것 같습니다만……."

"저는 그냥 아는 지인입니다. 같이 자동차를 보러 온 것이지요."

"그렇군요. 이쪽으로 오십시오."

별 의심 없이 두 사람을 안으로 들인 그녀는 마당에 세워져 있는 자동차 중 가장자리에 있는 차의 커버를 벗겨냈다.

촤락!

은색 커버가 벗겨지자 아주 깔끔한 외관의 자동차가 모습을 드러낸다.

"말씀하신 ls460입니다. 06년식 치곤 상태가 무척이나 좋습니다. 사고도 없고요."

"으음, 사고가 없는데 왜 이렇게 차를 싸게 파는 거죠?"

그녀는 지영숙의 질문에 아주 또박또박하고 또렷한 말투로 답한다.

"저희 사장님과 제가 차를 직접 매입해서 수리해 팔고 있습니다. 가끔은 엔진을 재생하는 경우도 있지요. 중고차로 한번 가치가 떨어진 차이기에 싸게 파는 겁니다. 다른 이유는 없습니다."

"엔진을 재생한다?"

상식적으로 이해가 잘 가지 않는 부분이다.

"차를 한번 몰아 봐도 될까요?"

"그러시지요. 타십시오."

자동차 키를 가지고 나온 그녀는 차량에 시동을 걸었다.

끼리리릭, 부릉!

대형차 특유의 떨림과 소음도 비교적 적은 편이고 내관 역시 상당히 깔끔하다.

"이곳에서 조금만 나가면 차를 몰아보기 적합한 도로가 있습니다. 그곳까지 제가 모시겠습니다."

그녀는 거침없이 차를 몰아 큰 대로변까지 나왔는데, 차량의 rpm도 그다지 높게 올라가지 않는다.

그만큼 엔진이 힘을 제대로 받고 있으며, 결함 자체가 없다는 뜻이다.

"이제부터는 차주께서 길을 어떻게 들이느냐에 따라 차가 바뀌게 됩니다. 만약 차를 구매하시면 되도록 소모품은 자주

갈아주시는 것이 좋겠지요."

10년 넘게 자동차를 팔아온 지영숙은 차 소리만 들어봐도 그 차의 상태를 알 수 있다.

그녀가 듣기론 이 차의 상태는 최상급이다.

이 여자가 차에 대해 자부심을 갖는 것은 거짓에서 우러난 허세가 아니었다.

진짜 차의 상태가 최상이기에 가질 수 있는 자부심인 것이다.

'수완이 아무리 좋다고 해도 이렇게 좋은 차를 싸게 팔 수는 없을 것인데……'

대형차 ls460의 시승이 이어진다.

부르르릉!

"오오! 매끄럽게 잘 나가는군요!"

"실린더 룸과 하체부를 거의 다 뜯어고쳤습니다. 차가 잘 안 나간다면 그게 이상한 일이지요."

미국 대형차 시장에서 10년 넘게 소비자 만족도 1위를 지켜온 일본의 명차 ls의 저력이 여실히 드러나는 순간이다.

지영숙은 아까부터 아무런 말도 할 수가 없었다.

"어떤 것 같습니까?"

그녀의 단도직입적인 질문에도 그녀는 대충 고개만 끄덕일 뿐이다.

"…좋네요."

시승이 끝나고 난 후 그녀는 차량등록증을 살폈다.

차량등록증에는 차의 가압류가 하나도 없으며, 차량 검사 역시 적합하게 통과한 것으로 나타나 있다.

"확인 다 끝나셨나요?"

"네……."

"어떻습니까? 계약하시겠습니까?"

"좋습니다. 계약하겠습니다."

계약은 성사되었지만 지영숙의 마음은 왠지 편치가 않았다.

*   *   *

충북 제천에 위치한 이불공장. 내부 설비 철거 작업이 한창이다.

일거리가 끊이지 않아서 좋긴 하지만 몸이 힘든 것은 어쩔 수 없었다.

"힘들군."

하루도 쉬지 않고 일한다는 것은 생각보다 훨씬 더 고되고 힘들었다.

고철 인형들의 마나코어를 빼놓고 잠깐의 휴식을 갖는 도중 정휘찬에게서 전화가 온다.

"예, 삼촌. 화수입니다."

―화수야, 일하는 중이니?

"아니요. 지금 잠깐 쉬는 중이에요."

―우리 집 계좌로 이천만 원이나 입금했던데, 이게 다 무슨 돈이냐?

"요즘 철거 작업이 잘돼서 여윳돈이 좀 생겼어요. 나중에 더 벌게 되면 더 드릴게요."

―우리는 괜찮다. 군이 이런 돈 보낼 필요 없어.

휘찬이 화수 남매에게 쓴 돈이 1억이 조금 안 될 것이다.

자신의 가족이 살아가는 데 필요한 돈을 제외하곤 몽땅 빚 청산에 보탰으니 쉬운 결정은 아니었을 것이다.

그럼에도 불구하고 그는 돈을 받지 않겠다고 한다.

"받으셔야죠. 저도 이제부턴 빚을 조금씩 청산하면서 살고 싶습니다. 삼촌께서 도와주세요. 하루라도 편히 두 발 뻗고 자보고 싶네요."

―후우, 네가 정 그렇다면……

"기쁘게 받아주시면 좋겠습니다. 조카가 처음으로 드리는 돈 아닙니까?"

―그래, 그래. 장하구나. 우리 화수도 이젠 다 커서 제법 남자다운 면이 생긴 것 같아.

"하하, 부끄럽습니다."

아버지의 빈자리를 채워주고 있는 정휘찬이다.

그는 언젠가 저 집안에도 큰 선물을 해주고 싶은 마음이다.

"조만간 또 찾아뵙겠습니다."

─그래, 바쁠 텐데 이만 끊자. 오기 전에 전화 좀 해주고.

"알겠습니다."

아마도 멀리 있는 부모님에게 전화가 오면 이런 느낌일까?

화수는 어쩐지 두 다리에 다시 힘이 샘솟는 것을 느꼈다.

저녁 일곱 시가 다 되어 잠시 휴식을 취한 화수는 고철 인형들과 함께 떼어낸 고철을 차에 실었다.

그리고 이것은 근방에 있는 고물상에 팔고 내일 나오는 마지막 고철만 가지고 내려갈 예정이다.

이제 슬슬 여관으로 돌아가 잠을 청하려는 화수에게 또 한 통의 전화가 걸려온다.

사무실이다.

일곱 시면 그녀가 퇴근했을 시간이다.

그는 무슨 일인가 싶어 전화를 받았다.

"예, 강화수입니다."

─사장님, 사무실에 누가 찾아왔습니다.

"누구입니까?"

─공형진 박사라는 사람입니다.

화수는 예전에 받은 명함을 기억해 냈다.

"무슨 일이랍니까?"

―할 말이 있다고 합니다. 상당히 중요한 일이라는데요?

"중요한 일이요?"

도대체 공학박사가 화수에게 할 중요한 말이 무엇일까?

그는 미루고 미뤄오던 전화를 받았다.

"바꿔주시겠습니까?"

―잠시만 기다려 주십시오.

이윽고 공형진에게로 수화기가 넘어간다.

―전화 바꾸었습니다.

"강화수라고 합니다. 공형진 박사님이시라고요?"

―예, 그렇습니다. 구면인 것으로 아는데, 목소리를 잊어버리신 모양이군요.

"그랬습니까?"

―뭐, 아무튼 그건 중요한 일이 아닙니다. 지금 사장님 회사에 아주 좋지 않은 일이 벌어질 겁니다.

화수가 눈살을 찌푸린다.

"…다짜고짜 그게 무슨 말씀이신지 모르겠군요."

―최근에 계속해서 자동차를 고쳐서 팔고 계시지요?

"그렇습니다만?"

―누군가 사장님께 앙심을 품은 것 같더군요. 조만간 도로교통부에서 사람이 나올 겁니다.

"도로교통부라면……."

―사장님께서 엔진을 재생시키는 데 과연 어떤 기술이 들

어가는지 조사하기 위함이라고 하더군요. 잘 나가던 차가 폭발했다고 누가 신고를 했답니다.

순간, 화수의 표정이 와락 일그러진다.

"그, 그런 말도 안 되는 소리가 어디에 있습니까?! 분명 차량 검사까지 무사히 통과했습니다!"

─그래서 제가 말씀드리지 않았습니까? 누군가 당신에게 앙심을 품은 것 같다고.

"이런 빌어먹을……!"

─내일까진 현장이 마무리된다고 들었습니다. 공사가 끝나면 곧장 복귀하시지요. 제가 대책을 세워드리겠습니다.

화수는 전화를 받으면서도 고개를 갸웃거렸다.

"감사한 말씀입니다만, 박사님께서 저에게 왜 이런 호의를 베푸시는지 이해를 할 수가 없습니다."

─세상에 공짜는 없습니다. 저 역시 사장님께 부탁이 있습니다. 제 부탁을 들어주신다면 제가 이번 일을 해결해 드리겠습니다.

"등가교환을 하자는 말씀이군요."

─그렇습니다.

과연 그가 화수에게 원하는 것은 무엇일지 궁금해지는 화수다.

하지만 그의 말이 사실이라면 최대한 빨리 대책을 세우는 것이 현명한 일이다.

"일단… 대전으로 내려가서 얘기를 나누시지요."

—그럽시다. 그럼…….

전화를 끊은 화수는 조금 무리해서 작업을 이어나가기로
했다.

*   *   *

지수자원의 사무실. 화수와 희수가 공학박사 공형진을 바
라보고 있다.

그가 교통안전부에서 조사팀을 파견할 것이라는 기획안을
내밀었다.

"제 대학 동기가 말해준 기획안입니다. 술자리에서 우연히
듣고 제가 기획안을 몰래 받아냈습니다."

기획안에는 교통안전부 장관이 승인한 비준까지 찍혀 있
다.

그 안에는 화수가 자동차를 수리한 과정과 그에 대해 증명
할 수 있는 자료를 수집하라고 되어 있다.

또한 해석이 불가능하거나 과학적인 입증이 불가능한 불
법 행위가 있다면 즉시 처벌하라는 명령도 함께 들어 있다.

한마디로 지금 화수의 차량 재생 환경을 한순간에 쑥대밭
으로 만들어 버리겠다는 얘기였다.

"도대체… 도대체 누가 이런 말도 안 되는 짓을 벌인 걸까요?"

희수가 곧바로 자동차 딜러들을 지목한다.

"대전에서 거래되는 수입차 물량은 국산에 비해 상당히 적은 편입니다. 또한 워런티 기간이 끝난 자동차의 경우엔 가격이 떨어짐과 동시에 안전성의 문제가 제기되지요. 아마도 우리 회사 차를 가지고 일부러 해코지를 했을 겁니다. 그래야 우리가 영업 정지를 먹고 가진 물량을 다 토해낼 테니까요."

이대로 화수가 더 많은 물량을 확보해서 차를 싸게 팔아넘기기 시작하면 그들의 입장에서는 상당히 곤란한 일이다.

"이를테면 동종 업계의 텃세 같은 것이군요."

"사고가 나지 않은 차량도 그렇게 싸게 파니 어쩌면 당연한 일인지도 모릅니다."

화수는 재생 차라는 타이틀 때문에 차를 저렴하게 내놓은 것뿐이다.

그런 자신의 전략이 부메랑이 되어 돌아올 것이라곤 전혀 상상도 못했다.

"후우, 이유야 어찌 되었든 영업 정지를 당하는 일만큼은 피해야 합니다. 지금 밀린 일이 산더미인데다 이미지에 대한 타격도 만만치 않을 겁니다."

그런 그의 걱정을 공형진이 해결해 주겠다고 나선다.

"저와 거래를 하시죠. 그렇게만 된다면 제가 영업 정지를 막아주고 다시는 동종 업계에서 태클을 걸지 못하도록 만들어 드리겠습니다."

화수는 고개를 갸웃거렸다.

"그나저나 저는 박사님께 드릴 수 있는 것이 별로 없습니다. 돈이라면 가진 것을 다 드리지요."

그는 고개를 가로젓는다.

"제가 원하는 것은 돈이 아닙니다."

"그럼……."

"돈보다 훨씬 더 중요한 것이지요."

"흐음, 돈보다 중요한 것이라……."

공형진은 화수에게 A4용지 더미를 건넨다.

"이게 뭡니까?"

"제 논문입니다. 이론으론 완성 단계에 이르렀습니다만, 아직 상용화 단계에 이르지는 못했습니다."

지금까지 로봇공학에 대한 서적을 수도 없이 탐독한 화수다.

고로 지금 이 논문이 무엇을 연구하는 것인지도 익히 알고 있다.

"…인간의 신체를 대신하는 대체 관절이라니. 제가 이 연구에 무슨 도움을 줄 수 있겠습니까?"

그는 얼마 전에 자신이 본 것에 대해 설명한다.

"저는 당신이 이미 상당히 진보된 리모트컨트롤 기술을 가지고 있다고 확신합니다."

"그에 대한 근거는요?"

"제 눈이 기억하고 있습니다. 당신을 따라다니는 수레를 말입니다."

순간 화수는 속으로 탄식을 내뱉었다.

'아뿔싸!'

얼마 전부터 누군가 자신을 계속 따라다닌다 싶었는데 그게 바로 공형진이었던 모양이다.

그렇다면 처음 그와의 만남 역시 이해가 간다.

"그건… 그런 첨단의 기술력이 만들어낸 것이 아닙니다. 그건 그저……."

공형진은 지수에 대한 애기도 꺼냈다.

"누님께서 많이 아프신 것으로 압니다. 이건 당신의 누님께도 상당한 도움이 될 겁니다."

그의 말은 틀리지 않았다.

공형진이 진행하고 있는 프로젝트라면 당연히 지수에게도 도움이 될 것이다.

"안 되면 할 수 없습니다만, 무조건 안 된다고 말씀하지는 말아주십시오. 저도 이 결정을 내리는 데 쉽지는 않았습니다."

어차피 되던 안 되던 공형진이 없다면 이번 일을 무사히 넘길 수 없을 것이다.

화수는 어쩔 수 없이 고개를 끄덕였다.

"…좋습니다. 하지만 제게 당신을 도울 능력이 없다고 해도 원망은 하지 마십시오."

"그런 걱정은 안 하셔도 됩니다."

두 사람은 악수를 나눴다.

"옳은 결정을 하신 겁니다."

"부디 그러길 바랍니다."

*　　　*　　　*

자동차 불법 개조에 대한 법률은 나날이 강화되고 있으며, 당국은 그들을 근절하기 위해 골머리를 앓고 있는 중이다.

그런 와중에 고물상에서 불법으로 개조해서 차량을 판매하고 있다는 신고가 들어왔다.

그리고 그 차량의 엔진이 운행 도중에 결함을 일으키는 바람에 고속도로에서 사고가 났다는 것이다.

그 신고는 교통안전부 장관의 귀에까지 들어갔다.

결국 교통안전부는 대전에 위치한 지수자원에 조사팀을 파견하기에 이른다.

똑똑.

이른 아침, 노크 소리를 듣고 지수자원의 대표이사인 화수가 문을 열었다.

"누구십니까?"

그들은 다짜고짜 조사명령서를 내민다.

"저희는 교통안전부에서 나온 조사팀입니다. 선생님께서 불법 개조된 차량을 판매하고 있다는 신고를 받고 왔습니다. 이 사안은 교통사고로까지 이어져 피해자가 병원에서 치료를 받고 있습니다. 고로 만약 이 사건이 사실로 드러난다면 선생님은 도로교통법상 책임을 지게 될 겁니다. 또한 자동차안전법 위반까지 추가해서 처벌을 받을 수 있습니다."

화수는 덤덤하게 고개를 끄덕였다.

"알겠습니다. 하지만 만약 이 모든 것이 사실이 아니라면 어떻게 되는 겁니까?"

"그렇다면 아무런 일 없이 이 사건이 마무리되겠지요."

바로 그때였다.

"아무런 일이 없긴요, 신고를 한 사람은 허위 사실 유포 및 영업 방해 등의 죄를 받겠지요."

"당신은 또 누구십니까?"

조사팀이 고개를 갸웃거리는데 그가 신분증을 내민다.

"카이스트 공형진 박사라고 합니다. 이번 사건의 고문을 맡았지요. 잘 부탁합니다."

그의 표정에서 결연함이 묻어난다.

화수는 이 모든 인원을 고물상 안으로 들였다.

"일단 모두 다 들어오시지요."

"예, 그럼……."

무겁게 가라앉은 분위기 속에서 조사가 시작되었다.

『현대 마도학자』 2권에 계속…

말년병장 이등병되다!

에바트리체 장편 소설
FUSION FANTASTIC STORY

대한민국 남자라면 알고 있을 바로 그 이야기!

『말년병장, 이등병 되다!』

전역을 코앞에 둔 말년병장, 이도훈.
꼬장의 신이라 불리던 그가 갑자기 훈련병이 되었다?!

"…이런 X같은 곳이 다 있나!"

전우애 넘치는 군인들의
좌충우돌 리얼 군대 이야기!

The Record of Dragon's Return

재중 귀환록

푸른 하늘 장편 소설
FUSION FANTASTIC STORY

『현중 귀환록』, 『바벨의 탑』의
푸른 하늘 신작!

이계를 평정한 위대한 영웅이 돌아왔다!

어느 날 갑자기 찾아온 부모님의 죽음.
그리고 여동생과의 생이별.
모든 것을 감당하기에 재중은 너무 어렸다.
삶에 지쳐 모든 것을 포기할 때, 이계에서 찾아온 유혹.

"여동생을 찾을 힘을 주겠어요.
…대신 나를 도와주세요."

자랑스러운 오빠가 되기 위해!
행복한 삶을 위해!

위대한 영웅의
평범한(?) 현대 적응이 시작된다!

Book Publishing CHUNGEORAM

유행이 아닌 자유추구 -
WWW.chungeoram.com

현대백수 장편 소설

FUSION FANTASTIC STORY

간웅

뇌성벽력이 치는 어느 날!
고려 황제의 강인번을 들고 있던
어린 병사가 낙뢰를 맞고 쓰러졌다.

하지만… 다시 눈을 뜬 이는
현대 대한민국에서 쓸쓸히 죽은
드라마 작가 지망생.

고려 무신 시대의 격변기 속에서 눈을 뜬 회생[回生].
살아남기 위해! 죽지 않기 위해!
그의 행보로 인해 고려는 서서히
변하기 시작하는데……

치세능신 난세간웅(治世能臣 亂世奸雄)!

격동의 무신 시대!
회생, 간웅의 길을 걷다!

절정고수들이 하늘 높은 줄 모르고 질주하는 현 세상.
서른여덟 개의 세력이 서로를 견제하는 혼돈의 시대.

그 일족즉발의 무림 속에
첫 발을 디딘 어린 소년.

"나는 네가 점창의 별이 되기를 원한다."

사부와의 약속을 지키고
난세로 빠져드는 천하를 구하기 위해
작은 손이 검을 들었다!

박선우 新무협 판타지 소설 FANTASTIC ORIENTAL HE

풍운사일

내일을 향해 쏴라

김형석 장편 소설
FUSION FANTASTIC STORY

1만 시간의 법칙!
'성공은 1만 시간의 노력이 만든다' 는 뜻이다.

그러나…
사회복지학과 복학생 수.
전공 실습으로 나간 호스피스 병동에서
미지와 조우하다.

1만 시간의 법칙?
아니 1분의 법칙!

전무후무한 능력이 수에게 강림하다!
맨주먹 하나로 시작한 수의
인생역전이 시작된다!

Book Publishing CHUNGEORAM

한량 아버지를 뒷바라지하며
호시탐탐 가출을 꿈꾸던 궁외수.

어린 시절 이어진 인연은
그를 세상 밖으로 이끄는데……

"내가 정혼녀 하나 못 지킬 것처럼 보여?"

글자조차 모르는 까막눈이지만,
하늘이 내린 재능과 악마의 심장은
전 무림이 그를 주목하게 한다.

"이 시간 이후 당신에겐 위협 따윈 없는 거요."

무림에 무서운 놈이 나타났다!

Book Publishing CHUNGEORAM